Auftritt der Geigen

AF280922

Franz Sommerer

Auftritt der Geigen

Roman

Bibliografische Information der Deutschen Bibliothek:
Die Deutsche Bibliothek verzeichnet diese Publikation in der
Deutschen Nationalbibliografie; detaillierte Daten sind im Internet
über <http://dnb.ddb.de> abrufbar.

© 2005 Franz Sommerer
Herstellung und Verlag: Books on Demand GmbH, Norderstedt
ISBN 3-8334-4111-9

Sie sind alle gekommen, ob sie ihn liebten oder hassten. Es ist schon so, der Tod bringt jedem ein Stück der Wahrheit zurück. Befindet sich jemand erst einmal auf seinem letzten Weg, dann ist all das, was vorher war, nur noch Makulatur. Alles wird zur Vergangenheit. Schriftliches festgehalten in irgendwelchen Akten. Aber auch diese werden irgendwann zu Staub zerfallen. Dennoch verdient es jeder, dass ihm die letzte Ehre erwiesen wird. Ganz gleich, wie er sich im Leben gab.

Ihm wurde diese Ehre erwiesen in Form von Klängen, für die er im Leben alles gab. Geigenklängen. Seiner Auffassung nach vermögen nur sie alles so vielschichtig umzusetzen. Verträumtes zur Realität werden zu lassen, ebenso Trauriges in Freude zu verwandeln. Weinen in Lachen übergehen zu lassen. Vergessen zu machen, was an Negativem auf einen eingestürzt ist. Dass diese Klänge, die ihn auf seinem letzten Weg begleiteten, nicht harmonisch, schon gar nicht ohne Misstöne dargebracht wurden, was macht das schon. In ihrer gemeinsam verbrachten Zeit, sofern davon überhaupt die Rede sein kann, lief auch nicht immer alles im Gleichklang ab. Wie sollte dies auch anders sein, wo doch jeder seine eigenen Ansichten vorbrachte und diese dann auch noch umgesetzt wissen wollte. Dass es sich seine härtesten Konkurrenten nicht nehmen lassen, seiner Bestattung beizuwohnen, auch dies rief kein allzu großes Erstaunen hervor. Wollten sie nur sichergehen, dass er auch wirklich dem Fegefeuer übergeben wird? Oder spielt die andere Variante nicht doch die größere Rolle, dass sie endlich das vollbringen können, was sie eigentlich schon lange umsetzen wollten? Ihn endlich mit Erde so zuschütten, dass er sich nicht mehr befreien kann? Ihn so zuzuschütten, dass ihm endlich das zuteil wird, was er ihnen oft genug angetan hatte, was ihm dann auch noch Vergnügen bereitete. Ihnen die Luft zum Atmen zu nehmen.

Dass es keine lange Grabrede wurde, lag klar auf der Hand. Es gab nichts, was ihm wohlwollend zugute gehalten werden konnte. Hinterbliebene? Auch davon ist weit und breit nichts zu sehen. Wenn es sie gibt, so können diese überall sein, nur nicht in seiner Nähe. Er hielt nichts vom Teilen. Was er sich unter den Nagel reißen konnte, wurde sein. Das Schicksal anderer fand bei ihm ebenso wenig Beachtung wie Staub auf fremden Schuhen. Mehr Bewunderung brachte er da schon für jene auf, die es schafften, wie eine Laus im fremden Pelz zu leben. Auch er wollte ja immer so sein. Mit welchen Unwegsamkeiten eine solche Daseinsführung verbunden ist, was macht das schon, wenn am Ende der Erfolg steht. Ein Erfolg, mag er auch noch so fragwürdig und zweifelhaft zustande gekommen sein, der Neid anderer wiegt dies alles wieder auf. Lobreden? Von wem sollten diese kommen? Gar aufgeschriebene für sich selbst halten lassen? Er vermisste solche ohnehin nicht. Er nahm sich, was ihm beliebte. Das Wort Besitzrecht war ihm ebenso fremd wie das Wort Eigentum. Nur was er als sein Eigen nannte, war für alle anderen unantastbar. Selbst die kleinste Kleinigkeit war für ihn von größter Bedeutung. Ob er darüber glücklicher war als andere, niemand konnte ihm dies ansehen. Musste denn nicht daher auch das Wort Glück ein Fremdwort für ihn sein? Konnte er solches überhaupt empfinden? Nach außen drang nichts davon. Wie sollte es auch. Gab er doch der Empfindsamkeit keinen Raum. Diese ist jedem Vorwärts-kommen doch nur abträglich, so sein Argument. Willst du was erreichen, dann greif zu. Willensstärke zeigen. Was brachte ihm das alles ein? Jetzt, nach seinem Tode, gehen die Meinungen genauso auseinander wie zu seinen Lebzeiten. Vielleicht nur etwas lauter und deutlicher

Die letzten Töne waren verklungen, die Menge zerstreute sich. Nicht nachvollziehbar, mit welchen Gefühlen sie diesen Ort verlassen. Ob sie schon ihr eigenes Begräbnis deutlich vor Augen sahen? Sie waren doch alle nur Außenstehende unter ihm und würden es auch weiterhin bleiben. Es war doch niemandem gelungen, an ihn heranzukommen oder gar in ihn einzudringen. Mit ihnen hier verhält es sich nicht anders. Wenn dies jemandem gelingt, dann nur jenen, die sich im selben Fahrwasser bewegen wie sie. Können sie sich da noch von ihm unterscheiden? Sie müssen zwangsläufig genauso werden wie er. Möge sie auch zu Beginn ein anderer Vorsatz begleitet haben, im Laufe der Zeit aber legten auch sie diesen mehr und mehr ab. Was dann zurückbleibt, ist hinreichend bekannt. Auch er, der nun seine letzte Ruhestätte fand, hatte sich so viel vorgenommen. Wird auch jeder Mensch mit einer friedfertigen Gesinnung geboren, doch was aus ihm einmal wird, dies bestimmen andere Einflüsse. Nicht zuletzt er selbst.

Vielschichtig setzt sich diese Trauergemeinde zusammen. Genauso vielschichtig sind ihre Meinungen beim Auseinandergehen. Wie viele unter ihnen mag es geben, die seinen Abgang bedauern? Den einen oder anderen stellte er schon mit auf seine Treppe, aber eben nur auf seine Treppe, stets darauf achtend, dass er immer eine Stufe höher stand als sie. Alle und alles überragen. Am liebsten über sich selbst hinauswachsen. Es ist immer ehrenwert, wenn sich Menschen ein hehres Ziel setzen, alles dafür tun, dieses auch letztendlich zu erreichen. Dennoch darf die Verhältnismäßigkeit nicht außer Acht gelassen werden. Nicht immer traf dies bei ihm zu, dass auch er einen Gewinn davontragen konnte. Auch er musste leidvoll erfahren, zu welchen Rückschlagen das Schicksal auszuholen vermag. Das letzte Ereignis liegt auch noch nicht lange zurück, daher ist es auch noch in aller Munde. Dass dies aber mit seiner Verabschiedung von dieser Welt zu tun haben könnte, daran will keiner so recht glauben.

Diese Havanna, die er sich just in schierer Vorfreude ansteckte, gab ihm dann doch mehr Anlass zur Sorge als zur Befriedigung. Sein gut durchdachtes Konzept verflog ebenso schnell wie der Rauch seiner Zigarre. Nur noch kalte Asche blieb übrig, dazu ein spärlicher Rest, mit dem es nicht mehr möglich ist, einen Neuanfang zu finden. Ob dies sein letzter großer Schachzug werden sollte, dieses Geheimnis nahm er mit ins Grab. Nur eines sollte es sein, imposanter und herausragender als alles, was er in dieser Richtung schon gesehen hatte. Sein eigener Musentempel sollte es werden. War es ihm zu lästig, derartige Stätten zu besuchen, die allen offen standen? Nahm er Anstoß daran, keine Bevorzugung zu erhalten? Wie groß und mächtig dünkte er sich eigentlich? Zu welcher Größe wollte er sich noch erheben? Was blieb ihm davon? Er musste weiterhin im Beisein anderer, auf deren Gesellschaft er doch so gerne verzichtet hätte, seinen Kunstgenuss stillen. Was gibt es daran zu deuteln? Mag er sie auch alle nur nach seinen Regeln benutzt haben, dennoch waren es sie, die hauptsächlich Anteil daran hatten, ihn zu dem werden zu lassen, wonach es ihn so drängte. Benutzen und weglehnen, dieser Ausspruch war von ihm nicht mehr wegzudenken. Er wurde sein Markenzeichen, wie seine Havanna. Für sich selbst das Beste. Wenn andere nicht dazu in der Lage sind, alle Möglichkeiten hierzu auszunutzen, um sich solches zu beschaffen, dann nimmt er es sich. Ist er der Hüter der Allgemeinheit? Anderen zuvorzukommen, darin liegt der Gewinn.

Ein spärlicher Rest, der nicht so wie die meisten unter seiner Arroganz gelitten hatte, harrte am Grab noch aus. Auch sie beschäftigt die Frage, ob der Stoß seines Denkmals, das er sich doch setzen wollte, vorzeitig seinen Abgang auslöste.

»Möglich wäre es, aber nicht wahrscheinlich. Er war noch zu fest mit dem Leben verwurzelt. Es gab auch keine Anzeichen dahingehend, dass ihm der Verlust Kopfschmerzen bereitet hätte. Dass es mit ihm so rasch bergab ging, muss schon andere Ursachen haben. Alles, was er als festen Bestandteil etablierte, war bei ihm doppelt und dreifach abgesichert. Nur, was nützt ihm das jetzt noch. Allenfalls seiner streitsüchtigen Verwandtschaft. Durch seinen Tod haben sich aber auch die Wege für andere geebnet.«

»An wen denkst du?«

»Es wäre müßig, Einzelne herauszupflücken. Zu groß ist die Schar seiner Gegner. Auf vielen Ebenen war Neid die Hauptursache dafür. Du wärst doch auch gerne so gewesen wie er.«

»Kannst du dich davon ausnehmen?«

»Hast du ihre Gesichter gesehen, als sich das Grab immer mehr füllte? Ihnen stand die Erleichterung richtiggehend ins Gesicht geschrieben. Am liebsten würden sie noch einen Haufen Steine darauf packen, damit es ihm nur ja nicht mehr gelingt, sich doch wieder zu erheben. Ich stehe wohl kaum alleine mit meinem Wunschdenken, dass die Welt auf Menschen dieser Art verzichten kann. Was war er für ein Individuum? Als rechtschaffenen Menschen vermag ich ihn nicht zu bezeichnen.«

»Ich dachte immer, ihr wart einmal eng miteinander verbunden.«

»Nein. Jeden, der sich ihm anbiederte, wies er schroff von sich. Schwer zu sagen, welche Gründe er dafür hatte. Seiner Habgier alleine will ich sein Verhalten anderen gegenüber nicht zuschreiben. Er liebte es, jeden zu demütigen. Je mehr sie sanken, desto höher trug es ihn. Ich habe mir oft die Frage gestellt, was geht in einem Menschen vor, der ungerührt dem Untergang anderer zusehen kann? Wahrscheinlich überschlugen sich in seinem Gehirn schon die Gedanken darüber und er steigerte sich selbst in die Vorstellung hinein, wie er sich deren Besitz aneignen kann. Darauf lief es immer hinaus. Respekt hatte er nur vor jenen, denen es gelang, ihn mit seinen eigenen Waffen zu schlagen. Nur, davon gab es nicht viele.«

»Warst du einer davon?«

»Auch das trifft nicht zu. Hierzu hätte ich seine Gedankengänge voraussehen müssen. Ich ließ mich auch zu sehr von seinem eigentlichen Verhalten beeinflussen. Auch die Vorstellung, dass er doch nicht immer so war, spielte dabei eine wichtige Rolle.«

Es fängt leicht an zu regnen. So als hätte der Himmel ein Einsehen mit dem Verstorbenen; die letzten Spuren, die er noch auf dieser Erde hinterlassen hat, mit dem Regen hinwegzuwaschen. Verwegen jeder, der glaubt, dass es damit getan sei. Zu nachhaltig bleibt er ihnen auf die eine oder andere Weise noch lange Zeit in Erinnerung. Und sei es auch nur, zwischen ihm und anderen einen Vergleich herzustellen. Ob sich von nun an ihr Alltag anders darstellt, die nahe Zukunft wird es zeigen. Haben sie denn nicht schon zu viel von ihm übernommen? Spätestens dann, wenn er ihnen seinen Erfolg präsentierte, spätestens dann wären sie gerne so wie er. Warum sollte sich dies ab heute auch ändern? Anders werden? Wäre es denn nicht ein Leichtes, da es ihn doch jetzt nicht mehr gibt, in seine Fußstapfen zu treten? Es wird nicht wenige geben, die mit diesen Gedanken spielen. Was sollte sie es kümmern, dass ihnen dann mehr Hass entgegengebracht wird als ihm, dem eigentlichen Verursacher solcher Machenschaften? Es gibt sie, die Nachahmer. Sie jedoch werden in den meisten Fällen nicht ernst genommen. Wer aber riskiert es dann schon, sich der Lächerlichkeit preiszugeben. Darüber hinaus steht zu befürchten, dass sie nicht nur ihres Rufs verlustig gehen, mehr noch, auch das bisher Erwirtschaftete kann auf der Strecke bleiben. Mag ihnen auch ihr Ruf, den sie unter ihm erworben haben, sehr viel bedeuten, es ist und bleibt ein zweifelhafter Ruf. Sein Privileg, einmalig zu sein, können sie sich ohnehin nicht anheften. Auf tönernen Füßen stand immer sein Imperium. Wie schwer es sich ausnimmt, solches zum Einsturz zu bringen, vielen ist dies wohl noch in Erinnerung. Wie oft versuchten sie, mit kleinen Erschütterungen einen Sinneswandel bei ihm herbeizuführen, vergebens. Nichts und niemand vermochte ihn von seinem sich selbst errichteten Sockel zu stürzen. Ob dies nun sein Tod vollbringt, auch das bleibt zweifelhaft. Sie werden wohl noch lange damit leben müssen. Je negativer ein Mensch auffällt, desto länger bleibt er in Erinnerung. Sie beide werden wohl kaum als Einzige aus der Schar der Schaulustigen hervorgehen, die über ihn gesprochen haben. Ein Großteil wird sich nicht davon abhalten lassen, in dieselbe Kerbe zu schlagen. Eines ist allen gleich: Wie groß ihr Maß auch immer sein möge, sie haben ihn überlebt. Ganz frei von Befürchtungen,

Barrieren auch weiterhin überwinden zu müssen, kann sich dennoch niemand fühlen. Wenn schon er solche nicht mehr aufstellen kann, dann eben andere. Auch sie werden es an versteckten Fußangeln nicht fehlen lassen. Ihnen jedoch kommt es mehr darauf an, wie ernst sie genommen werden. Er musste ernst genommen werden. Zu weitreichend waren seine Machtbefugnisse. Anderen dagegen kann das Wasser schnell abgegraben werden. Was dann von ihnen übrig bleibt, ist nicht zu gebrauchender Unrat. Er hingegen hinterließ, noch nicht einmal sichtbar, einen spärlichen Rest aus längst abgelegten Gütern anderer. Gerade dies zwingt sie, trotz aller Streitigkeiten, doch noch so etwas wie Bewunderung für ihn aufzubringen. Es hat eben alles zwei Seiten. Es kommt nur darauf an, von welcher Seite der Einzelne eine Sache betrachtet. Für ihn war sein eigener Triumph von größter Wichtigkeit. Immer auf der Sonnenseite stehen. Niederlagen wegstecken, als hätte es solche niemals gegeben. Er schaffte es immer wieder, diese auf andere Weise zu kompensieren. Wie strittig auch immer seine Vorgehensweise war, Hauptsache, er konnte eine gute Ernte einfahren. Wichtig, dass sich für ihn der Beutezug gelohnt hat. Wie sagte er einmal in einer seiner anschaulichen Reden: ›Wenn du dir was Gutes tun willst, dann suche dir Gefährten aus, die keine Fragen stellen. Halte sie getreu einem Hund. Gehorche, und es wird dein Schaden nicht sein.‹ Nur, mit dem Gehorchen ist das so eine Sache. Nicht immer kann einem der Sinn danach stehen. Was dann? Seiner Wege gehen und auf den zu erwartenden Lohn verzichten? Oder zurückschlagen. Hoffen auf eine Wendung ist bei Charakteren wie dem seinen wohl hoffnungslos. Sie werden immer die gleiche Vorgehensweise an den Tag legen. Was dann bleibt, ist dann doch wohl nur klein beigeben und gute Miene zum bösen Spiel machen. Vor allem keinen Anlass geben, ihn Genugtuung dafür empfinden zu lassen. Es kann niemals gelingen, ihn in Schranken zu weisen. Dazu ist sein Eigensinn zu weit ausgeprägt. Diese Erfahrung mussten auch jene machen, die sich bereit gefunden haben, ihn mit ihrer Musik zu erfreuen. Viel Anerkennung wurde ihnen in Bezug auf ihre Musik nicht zuteil. Eine solche hatten sie auch nie erwartet. Auch jetzt ändert sich nichts daran, wo sie ihm das letzte Geleit geben. Dennoch ist es anders. Hier können sie wenigstens ihren Emotionen freien Lauf lassen. Sie brauchen auf nichts und niemanden mehr Rücksicht zu nehmen. Sie können das zurückgeben, was sie erleben mussten. Höhen und Tiefen. Dass sich in der Hauptsache nur Frauen in dem so genannten Orchester befinden, auch wenn es sich nur aus Geigen zusammensetzt, auch darüber wundert sich niemand. Er war in Bezug auf Frauen nie ein Kind von Traurigkeit. Wo seine Überredungskunst versagte, gab es ja immer noch sein Vermögen. Wer kann da schon widerstehen. Handelte er deswegen schamlos? Sie wollen das eine, er eben das andere. Wo liegt hier der Unterschied? Nachtrauern wird ihm dennoch wohl kaum eine. Auch wenn es die eine oder andere versäumt haben mag, sich langfristig abzusichern. Weiter zurückgedrängt und ins Abseits gestellt werden, als sie es ohnehin schon sind, können sie wohl kaum noch. Was gibt es da noch zu bereuen? Zu überlegen bleibt lediglich, ob es nicht jetzt nach seinem Dahinscheiden, wenn auch nicht gleich auf der ganzen Linie, so doch in einigen Bereichen so etwas wie eine Einigkeit gibt. Dass diese zu seinen Lebzeiten nicht möglich war, wer kann dies nicht nachvollziehen? Darüber bedarf es keiner großen Worte. Daran wird sich auch weiterhin nie etwas ändern. Wer seine Gunst zum Wohle anderer einsetzt, wird immer nur einen scheinbaren Gewinn davontragen. Soll es zu einem dauerhaften gegenseitigen Einvernehmen führen, gehört auf beiden Seiten viel Einfühlungsvermögen dazu. Es muss nicht utopisch sein. Nur, wer so wie er nur auf einen kurzen Erfolg, auf ein vorübergehendes Erlebnis aus ist, wird ein solches Empfinden nie in sich aufkommen lassen. Waren sich jene, die sich auf ihn einließen, dessen auch bewusst? Wer greift nicht gerne zum Wein, auch wenn er etwas abgestanden ist, um sich daran zu berauschen? Was ihm mit Wasser, und sei es noch so geschmackvoll, wohl kaum möglich sein kann. So lässt Negatives sich eben leichter verdrängen, Altes in einem neuen Gewand erstrahlen. Wer spricht hier von Zeit? Wird sie denn nicht anderweitig zur Genüge sinnlos vergeudet? Lebe gemäß dem Wahlspruch: Genieße den Erfolg, du weißt nicht, wie lange er dir vergönnt bleibt. Der offene Konkurrenzkampf unter ihnen fand nie statt. Austausch zu Ansichten, zu mehr werden sie sich auch heute wohl kaum aufraffen können. Was brächte es auch schon ein, sich gegenseitig die Schuld an was auch immer zuzuweisen? An seinem Tod trägt keine eine daran. Wenn er sich der einen oder anderen einmal mehr zuwandte, so zählte das nur für den Augenblick. Morgen ist ein anderer Tag, da beginnt eine neue Zeitrechnung. Auch jetzt und hier ist das so. Ist jeder seiner Verpflichtung nachgekommen, hat seiner Schuldigkeit Genüge getan, widmet er sich fortan Neuem. Nichts anderes zählt noch.

Einige könnten schon mehr als nur Trauermusik anstimmen. Nicht wegen seines Verlustes; ob es überhaupt einer ist, bleibt dahingestellt. Nein. Das ganze Zusammenleben mit ihm war ein einziges Trauerspiel. Schuld daran war eindeutig sein tyrannisches Verhalten. Was interessierten ihn Wünsche und Belange anderer. Auch hier lebte er getreu der Devise: Erst mal sehen, was der andere zu bieten hat. Danach die Gegenleistung ausrichten. Alles, nur keine vorzeitigen Versprechen abgeben. Achtung für andere kam in ihm nur dann auf, wenn die andere Seite eine ebensolche abwartende Haltung einnahm. Dennoch, als gleichwertigen Partner sah er ihn noch lange nicht an. Hier räumte er diesem nur das Recht ein, es ihm gleichzutun. Nicht mehr und nicht weniger. Keinesfalls das Gefühl aufkommen lassen, der andere könnte im Vorteil sein. Immer unten halten, auf niederem Niveau. Was soll daran so verkehrt sein, wenn sie zu ihm aufblicken müssen? Wer sich als seine Marionette fühlt, verkennt das Leben. Ist es wirklich nur sein Leben, was sich hier zeigt? Mitnichten. Spielt es auch bei ihm nur eine untergeordnete Rolle, dass auch er den einen oder anderen braucht, ganz gleich zu welchem Zweck, aber eben nur eine untergeordnete. Wer die größeren Ansprüche stellen darf, ist nach wie vor nur seine Person. Sein Hunger ist zuerst zu stillen. Erst danach werden andere gesättigt. Es bleibt immer noch genügend für alle.

Dass sich zwei der Geigerinnen mehr Zeit nehmen, ihre Lieblingsstücke sorgfältig einzupacken, wird zur Kenntnis genommen, bleibt aber unkommentiert. Jeder nimmt eben Abschied, so wie er es für angemessen erachtet. Stellen sie auch nichts Besonderes dar, was zählte für ihn auch schon das Besondere, auch Außergewöhnliches schlitterte an ihm vorbei wie ein Blatt, das der Herbstwind vom Baum weht. Auffallend war nur, dass sie beide öfter bei ihm zu Gast waren als alle anderen. Lag es wirklich nur an ihrer

Musik? Brachte er ihnen deshalb eine andere Einstellung entgegen? Auch das trifft bei ihm nicht zu. Vordringlich sah er doch nur ihre weiblichen Attribute. Vielleicht ließ er sich von ihrer Musik dahingehend inspirieren, wer so viel Gefühl in die Musik hineinzaubert, dies muss sich doch auch auf das Liebesspiel übertragen. Warum aber erwartet er gerade dies von ihnen? Nur weil es Frauen sind? Was ist mit ihm selbst? Doch welche Gefühle oder Ansichten ihn auch immer dazu veranlasst haben, so zu handeln, auch dies nahm er mit ins Grab. Fragend sahen sie sich an, als sie den Friedhof verließen.

»Sollen wir ihm ein Gebet hinterherschicken?«

»Auf solche Beigaben hatte er noch nie Wert gelegt.«

»Also lassen wir das.«

»Ich konnte keinen erkennen, der beim Gebet des Pastors die Hände gefaltet hatte. Wir alle wissen, er ging nun mal seinen eigenen Weg. Ob er jemals einen Glauben hatte, offenbart hat er es jedenfalls keinem von uns. Es drängte uns ja auch nicht, ihn danach zu fragen.«

»Wofür hätte das auch gut sein sollen?«

»Was nicht in sein Weltbild passte, ist ungeeignet. Was mir aber immer zu denken gab, ich will es nicht gleich als extrem oder absurd hinstellen, einerseits ging er auf in der Musik. Andererseits wiederum suchte er die Härte.«

»Er erwartete von uns immer einen gefühlsbetonten Umgang mit ihm. Was war mit ihm? Wollte er sich davon freisprechen? Das kann ich nicht glauben.«

»Ob du es glauben willst oder nicht, er war eben so. Ich möchte aber auch nicht sagen, dass er zwiespältig war. Er war nur in der Lage, ob es beneidenswert ist oder nicht, er war in der Lage, das eine vom anderen zu trennen. Tränen zu vergießen beim Genießen der Musik, danach wieder die Erniedrigung anderer wollüstig in sich aufzunehmen. Sage mir nicht, dass er anders war. In meinen Erinnerungen wird er sich immer so darstellen. Ich werde nie eine andere Meinung über ihn haben. Du wirst es nicht anders sehen, nach alldem, was wir durchmachen und erleben mussten.«

»Im Großen und Ganzen stimme ich dir schon zu. In gewissen Dingen bin ich trotzdem anderer Meinung.«

»Du willst doch nicht behaupten, dass er dich anders angefasst hat als die anderen oder mich?«

»Ich habe nur sehr viel mit ihm über seine Einstellung zur Musik gesprochen. Auch wollte ich wissen, warum ihn die Musik so tief berührte, wo ihm doch das Leben anderer gleichgültig zu sein scheint. Wo er sogar noch eine gewisse Genugtuung über ihren Schmerz empfindet. Verwunderung kam bei ihm schon auf, dass ich das so krass sehe. Eine Gefühlsregung konnte ich dennoch nicht bei ihm feststellen.«

»Solches Ansinnen kannst du dir abschminken. Auch wenn es nicht ins Konzept passte, er trennte strikt das eine vom anderen. Er suchte in der Musik die Entspannung und fand sie auch. In der harten Realität aber haben Gefühle nichts zu suchen. Hier ist immer noch das maßgebend, was seit Urzeiten Geltung hat. Stark und gut genährt sagte er einmal zu mir, ist nur der, der zuerst am Futtertrog ist. Du musst immer früher am Ort sein, wo es etwas zum Verteilen gibt, als andere. Erwarte nicht, dass sie dir viel übrig lassen. Vielleicht wäre der eine oder andere schon auch heute noch bereit, einiges von ihm zu übernehmen. Als hinderlich sehen sie nur die Vorstellung an, dass diese Ideen von ihm kommen. Gerade von ihm, den sie alle doch schon viel früher in der Hölle schmoren sehen wollten.«

»Wozu beschäftigen wir uns eigentlich immer wieder nur mit ihm? Wir selbst sollten uns wichtiger sein. Wo können wir neu beginnen? An ein Weitermachen hier wage ich nicht zu denken. Es gibt keinen, der das, was er begonnen hat, fortführen könnte.«

»Davon gehe ich auch aus. Trotzdem gehen wir den von uns eingeschlagenen Weg weiter. Die Straße, auf der wir uns befinden, ist noch lang. Vieles steht erst am Anfang. Wenn wir jetzt schon diesem oder jenem nachtrauern, bringt uns das auch nicht weiter.«

»Ich trauere nicht diesem oder jenem hinterher, ihm schon am allerwenigsten. Doch so habe ich mir eine Unterbrechung auch nicht vorgestellt.«

»Unterbrechung, du sagt es. Nehmen wir es als eine solche zur Kenntnis. Ob wir es letztendlich wahrhaben wollen oder nicht. Es gibt für uns einiges zu bedenken. Vieles anders zu machen. Auch wenn keiner hinter die Fassaden sehen kann, auf etwas mehr Distanz werden wir wohl in Zukunft Acht geben müssen. Was haben wir eigentlich in all der Zeit erwartet? Vor allem, was gab es zu erwarten?«

»Wenn du mich fragst, nicht viel. Ich gab mich auch der Vorstellung hin, dass Musik eigentlich ein Bindeglied sein sollte. Dies mag wohl auf andere zutreffen, für ihn aber zählte so etwas nicht. Er konnte zuhören, oder er gab sich wenigstens so. Langsam kommen auch mir Zweifel, ob er wirklich der Musik so intensiv gelauscht hat oder ob nicht doch seine Gedanken in eine ganz andere Richtung abdrifteten. Viele Worte zu unserer Musik hat er ohnehin nie von sich gegeben. Es konnte schon der Eindruck entstehen, dass er sie gar nicht so richtig wahrgenommen hat. Sie diente ihm wohl doch mehr nur als Ablenkung. Dazu passen ja auch seine

Worte, die er einmal zu mir sagte, als ich ihn fragte, wie er zur Musik im Allgemeinen und vor allem zu unserem Spiel von jeder steht. Musik, meinte er, öffnet zwar nicht gleich sein Herz meilenweit, aber sie lässt ihn für diese Zeit, wo sie erklingt, die Welt mit all ihren negativen Erscheinungen etwas vergessen. Für ihn war alles, was da draußen geschieht, negativ. Nur das, was er selbst vollbringt, ist einzig und allein als positiv zu bezeichnen. Er glaubte sich nur von Schwächlingen umgeben. Er deutete zwar an, dass er sich dem Kunstgenuss hingab, aber ob es wirklich an dem war, wir werden es wohl nie erfahren.«

»Zumindest nicht mehr von ihm selbst. Dass er mit anderen darüber gesprochen haben könnte, wer weiß das schon.«

»Mit wem? Er betrachtete doch sogar seine engsten Mitarbeiter als Missgünstlinge. Von allen Seiten glaubte er sich von neidischen Blicken verfolgt. Wie soll da ein Mensch die rechten Worte finden, um auf andere eingehen zu können. Er war für alle, und hier schließe ich mich mit ein, wenngleich nicht ein übertriebener Tyrann, so doch ein Egoist, wie man ihm nicht alle Tage begegnet. Uns brauchte er, um seine Neigungen in alle Richtungen ausleben zu können. Dies brachte uns dann doch etwas mehr Entgegenkommen von ihm ein als anderen. Die meisten von ihnen benutzte er doch nur.«

»Ob sie sein Spiel durchschauten? Hat er denn nicht mit uns auch nur gespielt?«

»Vielleicht nicht so wie mit ihnen. Dort war doch sehr vieles offensichtlich. Erkennbarer. Wie sollten sie da gegensteuern? Er hielt die Fäden in der Hand. Sie waren allesamt für ihn nur Handlanger. Steigbügelhalter, wenn du so willst. Auch unsere Position kannst du ruhig in dieselbe Rubrik einreihen. Wenn auch mit Abstrichen. Doch so groß ist der Unterschied dennoch nicht. Wenn ich mich so umsehe, drängt es kaum einen, länger zu verweilen, als es der Anstand gebietet. Auch wenn er selbst keinen hatte, im Tod aber gelten eben andere Maßstäbe. Tränen der Rührung mag es da oder dort schon gegeben haben. Von einer richtigen Bestürzung aber, dass es ihn nicht mehr gibt, konnte ich nichts feststellen. Wer weint auch schon einem solchen ichbezogenen Menschen eine Träne nach. Ich jedenfalls nicht.«

»Du wirst aber auch nicht gleich Ersatz an jeder Ecke finden.«

»Ich lege mir keine Eile auf.«

»Auch wieder wahr.«

»Überdenken, was gewesen. Aber auch jeden Neubeginn genauer betrachten. Haben wir auch nicht überstürzt gehandelt, doch so ganz ohne Euphorie waren wir auch nicht gerade, als uns sein Angebot angetragen wurde. Zu überlegen bleibt auch, was können wir für die Zukunft besser gestalten? Am meisten werden wir uns davor hüten müssen, dass uns nicht wieder eine Welle der Begeisterung überrollt. Ich spreche nicht von der Begeisterung der Zuhörer. Wir selbst waren es, die vor lauter Begeisterung das Umfeld aus den Augen verloren haben.«

»Fühlst du dich jetzt zurückgestoßen in die ach so grausame Welt?«

»Mehr allein gelassen.«

»Das wird sich schlagartig ändern. Ich spüre schon jetzt die gierigen Blicke jener, die bei uns bisher nicht zum Zuge kamen. Du solltest das auch.«

»Ihre lüsternen Blicke betrachten?«

»Ihnen nicht so viel Angriffsfläche bieten. Ihnen mehr Ignoranz entgegenbringen.«

»Welchen Sinn sollte das ergeben?«

»Es könnte dann für sie mehr Anreiz schaffen. Auch etwas mehr Entgegenkommen uns gegenüber.«

»Gefallen kann ich nur so lange daran finden, wie es mit Maß und Ziel geschieht. Allen Übertreibungen erteile ich eine strikte Absage. Wenn wir gleichzeitig an einem Strang ziehen, sollte nicht allzu viel schief gehen. Anders ist es, wenn du deine eigenen Wege gehen willst.«

»Daran kann mir nicht gelegen sein. Auch wenn unsere Beziehung nicht immer die vollkommene Harmonie ausstrahlt, im Großen und Ganzen stimmt die Chemie zwischen uns. Ich denke, so wird es auch bleiben. Dies beschert uns einen weiteren Vorteil, der nicht zu unterschätzen ist.«

»Und der wäre?«

»Werden sie erst einmal gewahr, dass sie sich hier ein Duo auserkoren haben, wird der große Ansturm auf uns ausbleiben. Dies bedeutet noch lange nicht, dass wir alle Vorsicht außer Acht lassen dürfen, oder dass wir uns gar über sie lustig machen. Niemals den nötigen Ernst fehlen lassen. Damit wäre unser weiterer Weg so gut es geht abgesteckt.«

Ihre Blicke streifen noch einmal über das Friedhofsgelände.

»Kannst du jemanden von seiner Sippschaft ausmachen?«

»Nein. Der Regen wird sie davon abgehalten haben.«

»Bis auf solche wie uns. Die dann auch noch über ihn reden, ohne dass andere etwas davon mitbekommen. Wozu auch. Es hatte ohnehin jeder seine eigene Meinung dazu. Sollen sie auch. Wie wäre es, wenn wir das weitere Geschehen aus dem Hintergrund verfolgen? Abwarten, um dann auf den Plan zu treten, wenn unsere Zeit gekommen ist?«

»Dies könnte eine längere Durststrecke nach sich ziehen. Wie sollen wir diese überbrücken?«

»Wir dürfen vor allem eines nicht: die Geduld und noch weniger die Nerven verlieren. Angespannt sein ist immer von Vorteil. Es darf keinesfalls in unkontrolliertes Handeln ausarten. Wenn das geschieht, dann sind wir so weit, wie sie uns haben wollen. Dann greifen wir bedenkenlos nach allem, was sie uns anbieten. Sie glauben, wir würden darin dann den so genannten letzten Strohhalm sehen, und warten nur darauf, dass wir vom Strudel mitgerissen werden. Einfach unserer Gelassenheit den Vorzug geben. Zeigen, dass unser Angebot weit über dem ihrigen liegt. Alles offen legen, um zu vergleichen, ist später immer noch Zeit genug. Sparsam bleiben mit jeder Vergabe.«

So gaben sie sich der Überzeugung hin, ihren weiteren Weg klar abgesteckt zu haben. Frei von Rückschlägen? Vermessen jeder, der davon ausgeht. Lebe weiter in der Vorstellung, dass die Straße nur für dich alleine angelegt wurde. Die Zurückweisung des Schicksals folgt dir auf dem Fuße. Wandelst du auch in einem Paradies, doch willst du etwas davon in Anspruch nehmen, so vollbringe dein Werk in größter Bescheidenheit.

Ihnen, die in das harte Leben zurückgeworfen wurden, wird vor Augen geführt, was einem Menschen gebührt, der vom Leben zu viel erwartet. Dass sie sich selbst einer übertriebenen Fürsorge rühmen konnten, davon kann wahrlich nicht die Rede sein. Auch zu einem leichtsinnigen oder freizügigem Lebenswandel bot sich ihnen kein Anlass. Dies besorgten wohlweislich andere. Dass sie nicht frühzeitig zu einem Höhenflug ansetzten wie so viele, spricht für ihre Einstellung zum Gegebenen. Dies erleichtert ihnen, ihren Weg in relativer Gelassenheit in Angriff nehmen zu können. Gefahrenquellen werden sich auch ihnen weiterhin in den

Weg stellen. Es wird ihnen aber leichter fallen, diese zu um-schiffen, als jenen, die sich ständig nur in seinem Dunstkreis bewegten. Wohin sollen oder können sie sich überhaupt begeben? Sie sind doch in all der Zeit von der eigentlichen Lebensführung weit abgerückt. Wie kann dies auch anders sein, wenn jede Lösung für jedes Problem gleich mitgeliefert wird. Später fehlt jeder Ansporn, diese selbst zu suchen. Dies ist dann nicht nur ein Rückschlag ihrer eigenen Ein-schätzung. Es geht weit darüber hinaus. Sie ebnen dadurch solchen Menschen wie dem eben Verstorbenen den Weg, ihrer Selbstherrlichkeit so richtig zu frönen. Tragen sie auch nicht gleich die Verachtung für alles Niedere offen zur Schau, kann dies dennoch jeder fühlen, mit welcher Einstellung sie zu allem stehen, der näher mit ihnen in Verbindung steht. Es mag schon zutreffen, dass es dem einen oder anderen nicht auffällt, andere wiederum bewusst darüber hinwegsehen, um wenigstens etwas von dem Nektar abzubekommen. Buhlen um einen Hauch Anerkennung. Mit welcher Beach-tung aber können sie rechnen, wenn es ums ganz Große geht? Dabeistehen und zusehen, wie er alles vereinnahmt, das ist wohl das Einzige, was er ihnen, wenn es ihm denn ge-nehm ist, zubilligt. Fühlen diese Menschen nicht, wie weit sie vom eigentlichen Lebenssinn entfernt sind? Vielleicht wollen sie das auch nicht. Oder es erscheint ihnen nicht relevant genug, um darüber nachzudenken. Der Einseitigkeit sind dadurch Tür und Tor weit geöffnet. Wer lässt sich da schon groß bitten zuzugreifen? Ein Narr müsste jeder sein, der solche Einladungen ablehnt. Wie weit sie sich aber dadurch selbst von einem legitimen Weg entfernen, tut nichts zur Sache und wird daher auch nicht zur Kenntnis genommen. Allenfalls dann, wenn das Schicksal zu einem Rundumschlag ausholt. Jedoch Nadelstiche dienen ihnen nur als Ansporn und Aufmunterung zum Weitermachen. Lediglich die letzte Begebenheit, liegt sie auch schon längere Zeit zurück, so wird sie erst jetzt wieder aus ihrem Gedächtnis hervorgekramt. Wie das eben so ist nach einem Ableben. Plötzlich schließen sich Erinnerungslücken.

Setzte ihm diese Zeit auch nicht allzu sehr zu, sie nagte auch nicht an seinem Selbstbewusstsein, als angenehm wollte er sie dennoch nicht ansehen. Vergessen machen, was geschehen ist. Hier half ihm in erster Linie seine Einstellung über das Schlimmste hinweg. Seine Einstellung, dort zuzugreifen, was auch nur annähernd nach Erfolg riecht. Wer empfindlich ist, wird es niemals schaffen, auch nur den kleinsten Hügel zu erklimmen, geschweige denn in schwindelerregende Höhen zu gelangen. Er hingegen kann sich nur dort wohl fühlen und will sich auch nur dort angesiedelt wissen. Sollen sie doch alle von einem verheerenden Absturz unken, ihn ficht das nicht an. Ernst zu nehmende Widersacher können durchaus auch eine Bereicherung darstellen. Man muss sich eben nur in das Königsspiel hineindenken. Nur wer den alles entscheidenden Zug ansetzt, dem gelingt es, als Sieger den Tisch zu verlassen. Vorausahnen, was der Gegner plant. Dass ihm dies das eine Mal, trotz aller größtmöglichen Vorbereitung, nicht gelungen ist, nagte noch lange an seinem Innern. Nach außen wollte und durfte er das nicht zeigen. Hätte es ihn auch nicht gleich seine Glaubwürdigkeit gekostet, doch seinem Nimbus als der Unbesiegbare hätte es schon Schaden zugefügt. So konnte er sich weiter mit vor Stolz geschwellter Brust präsentieren, frei nach dem Motto, auch in Niederlagen Größe zeigen. Auch wenn es zu Beginn nicht danach aussah, dass es dazu kommen könnte.

Aber, wie so oft, der Teufel sitzt im Detail. Zunächst sah es nicht danach aus, dass es Unstimmigkeiten geben könnte. Unwirsch wurde er nur darüber, dass sich Leute aufspielten, die er gar nicht eingeladen hatte, als wäre das hier schon ihr Eigentum. Was er dann auch mit unvermindertem Nachdruck zum Ausdruck brachte.

»Was soll das mit deinen Schoßhündchen? Ich lege keinen Wert auf ihre Gesellschaft. Alle anderen hier denken ebenso wie ich. Sieh zu, dass sie sich aus meiner Reichweite begeben. Ansonsten kannst du dir das Geschäft abschminken.«

»Was tönst du eigentlich so laut? Die wollen sich doch hier nur etwas umsehen.«

»Nur umsehen nennst du das? Ich erkenne Anzeichen eines Besitzergreifens. Wie viel Freiheit in ihrem Verhalten hast du ihnen eingeräumt? Sieh sie dir an, die fühlen sich hier schon wie zu Hause.«

»Was kümmert's dich?«

»Du fragst mich, was mich das kümmert? Dann gebe ich dir die Antwort. Ich habe das Unternehmen zu dem gemacht, was es heute ist. Wenn du so willst, die Karre aus dem Dreck gezogen. Es wurde zu einem Prestigeobjekt. Gewinnträchtig. Dass ich es abgeben will, hat rein nur mit meiner Person zu tun. Wenn ich aber mit ansehen muss, dass es nicht so erhalten bleibt, wie es ist, ziehe ich mein Angebot wieder zurück.«

»Lass das mal mein Problem sein.«

»Mit den beiden Kläffern wird es ein Problem für dich. Ich kann mir nicht vorstellen, dass sie sich von dir vorschreiben lassen, wie weit sie in ihren Handlungsweisen gehen dürfen. Ich befürchte für alle hier Schlimmes. Bis hin zu einem internen Machtkampf. Erwarte also nicht, dass ich dem auch danach noch tatenlos zusehe. Dafür habe ich zu viel investiert.«

»Du sprichst immer nur vom Geld.«

»Wieso spreche ich immer nur vom Geld? Ich habe es, also nutze ich es auch. Wenn ich sage, dass ich sehr viel investiert habe, so geschah dies auf allen Ebenen. Dass ich diese Investitionen honoriert sehen will, versteht sich von selbst. Erwarte also kein Entgegenkommen von mir. Ich bringe sonst alles zu Fall. Wenn du dich in ein gemachtes Nest setzen willst, dann halte diese Möchtegern-Machos von hier fern. Sie stiften nur Unruhe. Sie passen nicht in diese Landschaft. Je eher du das erkennst, umso früher kannst du zugreifen. Wenn nicht, gleitet dir der Fisch durch die Finger. Für heute war es das.«

Es lag nicht in seiner Absicht, alles hinauszuzögern. Es lag auch nicht daran, dass er sich plötzlich als Menschenfreund sehen wollte. Auch wenn dies von der anderen Seite so gesehen wurde. Was ihn, den anderen, dann immer zu dem Ausspruch verleitete: »Dieser Bastard will mich weich kochen. Warum stört es ihn, wenn sie sich hier das nehmen, wofür sie woanders bezahlen müssen? Wenn ihnen der Sinn danach steht, sollen sie es haben. Was ist daran so anrüchig? Sie stehen doch dafür auch für die Sicherheit anderer ein. Alles, nur jetzt nicht ungeduldig werden.«

Aber sein erklärtes Ziel als Verkäufer war nun einmal, es darf keinen Wandel hin zum Negativen durch einen Besitzerwechsel geben. Dass es später dennoch zu diesen negativen Erscheinungen kam, empfand er schon als Schmach. Seiner Glaubwürdigkeit wurde hier ein Dämpfer aufgesetzt. Schwer wird es werden, zumindest einen Teil davon wieder vergessen zu machen. Es bleibt abzuwarten, wie lange ihm dies nachgetragen wird. Gerade hier zeigt sich wieder einmal mehr die Verschiedenheit der Gefühle. Nehmen es die einen wohlwollend zur Kenntnis, ihm seine Grenzen aufgezeigt zu haben, herrscht bei anderen, wenn auch nicht gleich Verbitterung, so doch Enttäuschung über den Ablauf. Wer empfindet auch nicht Freude darüber, es gerade jenem gezeigt zu haben, der von sich selbst so eingenommen zu sein scheint und vor Kraft nur so strotzt. Von seiner Selbstherrlichkeit so überzeugt ist, dass bei ihm nie etwas Nachteiliges eintreten kann. Mögen auch die Nachteile in dieser Angelegenheit nicht so gravierend sein, doch wer seiner Einbildungskraft eine solche Aufmerksamkeit zuordnet, wird schnell eines Besseren belehrt. Diese hat doch eine erhebliche Einbuße zu verzeichnen. Es wird daher auch für ihn noch längerer Zeit bedürfen, diese zu verdauen. Zieht er dann auch noch die unverhohlene Schadenfreude ins Kalkül, trifft es ihn doppelt hart. Nicht zuletzt zu vergessen, auch wenn er sich kaum solchen Gedanken hingibt, die Enttäuschung der direkt Betroffenen. Denn gerade sie, die davon am meisten in Mitleidenschaft gezogen werden, sie haben kaum eine Wahl. Kehren sie dem allen hier den Rücken, wer schützt sie vor Nachteilen da draußen? Ihre Ablehnung ihm gegenüber wird er wohl niemals mehr loswerden. Und wieder muss er sich eingestehen, Schwäche zeigen zu müssen. Mag auch diese nicht so krass ausfallen, wie er sie empfindet und noch lange nicht von allen so gesehen wird, für ihn macht das keinen Unterschied. Auch hier hat er seine eigene Philosophie. Er hat sich noch nie für die Ansichten anderer interessiert, geschweige denn davon beeinflussen lassen. Er folgt nur seinen eigenen Anschauungen. Das trifft aber auch auf Niederlagen zu. Jeder Mensch kann sich nur stark fühlen, wenn es ihm gelingt, seinen eigenen Willen durchzusetzen. In Taten zu vollenden, was er sich vorgenommen hat. Sicher gibt es Rückschläge. Wer sieht auch schon alle Gefahren im Voraus? Angehen kann diese doch jeder erst, wenn sie sich einstellen. Wenn sie sichtbar werden. Wie er dann damit umgeht, kann von größerer Bedeutung sein als alles bisher Vollbrachte. Es kann ihm große Achtung, ebenso auch die allergrößte Verachtung einbringen. Hier dann Größe zu zeigen garantiert immer eine gute Ernte. Nur, sein sich selbst auferlegter Vorwärtsdrang kann da mitunter mehr hinderlich als förderlich sein. Seine Gedanken driften dann ab in ein Labyrinth, wo es schwer wird, den Ausgang zu finden. Kommt dann noch seine Selbstüberschätzung hinzu, ist das Unheil wohl kaum noch aufzuhalten. Bisher gelang es ihm, sich davor zu schützen. Durchlavieren war dann angesagt. Schweren Herzens eine Pause einlegen. Oft gereicht ihm solches Handeln zum Vorteil. Was ihm dann wiederum einen Motivationsschub verleiht. Doch wehe, er steht vor dem Absturz. Verflucht sei jeder, der mit dazu beigetragen hat, dass er nun da steht, wo er sich im Augenblick befindet. Alles, nur keine Ursachenforschung bei sich selbst betreiben. Wie weit er sich vom eigentlichen Weg entfernt hat, zu beachten, dass alles mit dazugehört, um zu einem vollständigen Ganzen zu werden, es findet keinen Eingang in sein Inneres. Ist er hier nicht zu viel mit sich selbst beschäftigt? Auch das ist für ihn kein Grund, über irgendwelche Auswirkungen nachzudenken. Festhalten an dem sich selbst Vorgegebenen. Nur keine Abweichungen vornehmen. Ratschläge anderer? Was sollen die bringen? Weiß er doch selbst am besten, was er sich und anderen zumuten kann.

Auch wenn dies in mancherlei Hinsicht zutrifft, aber steht er sich da nicht so manches Mal selbst im Wege? Wie könnte er dies verspüren, wo er doch so beharrlich seinen Weg fortsetzt. Ja sogar darauf festgeklebt zu sein scheint. Ausweichen? Wer spricht denn von so etwas. Wem und was sollte er auch schon ausweichen. Spricht auch nicht immer alles zu seinen Gunsten, doch solche Kleinigkeiten sind immer kalkulierbar. Bevor bei ihm eine Kehrtwendung in Betracht kommt, muss erst sein ganzes Fundament zusammenstürzen. Kleinere Blessuren bedürfen auch nur einer kleineren Reparatur. Ist aber danach noch immer alles so, wie es vorher war? Kann denn nicht auch durch eine Veränderung, auch wenn diese ungewollt und nicht vorhersehbar war, Positives bewirkt werden? Es muss nicht alles gleich in einem Scherbenhaufen enden. Vielleicht ist das, was neu daraus entsteht, prächtiger und für die Betroffenen noch angenehmer als das Vorherige. Wer kann dies schon im Vorhinein verneinen. Beweise, dass es solches schon gegeben hat, gibt es genug. Wer solches Denken stets mit sich herumträgt, wo könnte sich da ein noch besserer Ansatz finden, um mehr Umsicht walten zu lassen? Gäbe es da nur nicht die von ihm sich selbst auferlegten Hürden. Meistens sind diese schwerer zu überwinden als jene, die sich im Laufe der Zeit ergeben. Wer will dies aber schon wahrhaben? Am allerwenigsten jene, die vor Selbstüberschätzung nur so strotzen. War er wirklich einer davon? Kann er ernsthaft eingereiht werden in diese Kategorie? Nicht jeder, der sich einfand, um ihm das letzte Geleit zu geben, wird dem bedingungslos zustimmen. Wer im Konzert der Großen mitmischen will, muss wahrscheinlich ein solches Verhalten an den Tag legen. Niemand darf sich daher in ihrer Gesellschaft Schwachheiten erlauben. Dies zählt für das Private wie für den geschäftlichen Bereich. Wie steil und steinig ein solcher Weg verläuft, bis es ihm gestattet ist, auch mal seine Stimme erheben zu dürfen, er wurde zu Beginn seines Aufstieges oft genug darauf hin- und auch zurechtgewiesen. Ist es daher frevelhaft, wenn er nun seinerseits, nachdem er oben angekommen ist, auf allerhöchster Stufe steht, von diesem Recht, andere zurechtzuweisen, Gebrauch macht? Ist dies kein Bestandteil in einem Lernprozess? Ein Lernprozess, den sie doch erst begonnen haben, die ihn hier umgaben? Wer mehr für sich herausnehmen will, verkennt das wahre Leben. Höhen und Tiefen sind dort ebenso ansässig wie in einer Landschaft Berg und Tal. Nichts lässt sich herausnehmen. Die Welt ist und bleibt ein Tummelplatz verschiedener Ansichten und Gefühle. Wer jedoch Ansprüche an das Leben stellen will, Forderungen anderen gegenüber hat und erwartet, dass diese auch umgesetzt werden, bleibt immer offen, ob sich jemand in einer solchen sich selbst auferlegten Position, in der er sich jedenfalls befand, Gefühle überhaupt leisten kann. Was, wenn er welche versprüht, diese aber nicht erwidert werden? Eine solche Zurückweisung trifft doch jeden weitaus härter und tiefer in seinem Innern, als würde er wegen seiner Härte getadelt werden. Er sah sich jedenfalls so. Verglich er immer seine Daseinsführung mit der derjenigen die ihn umgaben, so kam er stets zu der Überzeugung, auf der richtigen Fährte zu sein. Vorlaute Mäuler zerreißen sich immer den Mund, wenn es darum geht, anderen zu schaden. Wer sich daran stößt, läuft immer Gefahr, zurückgedrängt zu werden. Ist es auch nicht immer möglich, solchen Gefahren auszuweichen, aber darauf zuzusteuern, dann auch noch mit offenen Augen, dies muss jeder versuchen zu vermeiden. Es sei denn, er hat noch einen Trumpf in der Hinterhand. Der muss aber dann auch stechen, sonst wird es schwer, andere bloßzustellen. Ihnen zu zeigen, dass es immer eine Antwort gibt. Dies hat noch lange nichts damit zu tun, dass der Gefühllosigkeit ein zu großer Raum eingeräumt wird. Es zeigt nur, dass es nicht immer angebracht ist, Sympathien für die Gefühle anderer zu entwickeln. Herzlos? Wenn es darum geht, Herz zu zeigen, dann wirklich nur da, wo es auch angebracht ist. Die Bedürftigkeit muss offensichtlich sein. Wer garantiert sonst für ihre Richtigkeit?

Was gab den Ausschlag, dass sich, wenn auch spät, die dann auch noch so nicht vorgesehen war, eine illustre Runde zusammenfand? Wollte jeder nur seinen Frust, der sich all die Jahre über in ihm aufgestaut hatte, loswerden? Wie beurteilen sie ihn heute? Müssen sie nicht doch in einigen Punkten ihre Meinung revidieren? Kann alles noch so belassen bleiben, wie sie es empfunden und noch immer in Erinnerung haben? Auch jetzt noch, obschon er sich nicht mehr zu Wort melden kann, ist er allgegenwärtig. Sicherlich wird dies auch weiterhin noch so sein. So kurz nach dem Abgang eines Menschen bleibt er noch längere Zeit im Gedächtnis vieler haften. Doch auch hier, genauso wie in allem, was er tat, gelten andere Kriterien. Skepsis und Befürwortung beherrschen diese Runde. Sie können oder wollen nicht nach außen zeigen, was in jedem Einzelnen vorgeht. Andere wiederum dürfen es nicht, wollen sie nicht in die Kritik geraten. Dies besagt nun mal ihre Gesellschaftsordnung. Mag sie auch in einigen Punkten strittig sein, im Großen und Ganzen beinhaltet sie schon Vorteile. Ist es auch nicht jedem gegeben, aus welchen Gründen auch immer, diese bis zum letzten Rest auszuschöpfen, doch es gibt sie. Wer es versteht, diese richtig in Anspruch zu nehmen, so wie er, wird immer obenauf sein. Wer von ihnen hier erhebt als Erster seine Stimme? Wer kann hier wem offen ins Gesicht sehen, ohne das seine zu verlieren? Allzu viel Positives wird wohl kaum einer vorbringen können. Noch nicht einmal jene, die trotz allem am meisten von ihm profitierten. Dies war dann für sie zumindest ein Einstieg. Um nicht gerade zu sagen, der Anfang.

»He, ihr da, ihr Musikerinnen von seinen Gnaden. Es muss euch hart getroffen haben, dass er dahingeschieden ist. Ihr wart doch vertrauter mit ihm als wir. Wie geht es jetzt bei euch weiter?«

»Welche Antwort erwartest du nun von uns? Sollen wir in Wehklagen verfallen oder uns gar zerreißen? Sag schon, was du von uns willst.«

»Ich trete nicht an seine Stelle, falls du das meinst.«

»Es hörte sich aber so an.«

»Du zeigst Größe. Für wie lange?«

»Lass es darauf ankommen. Wenn du uns nach unserer Zukunft fragst, erwarte nicht, dass wir diese vor dir ausbreiten.«

»Bin ich euch zu gering?«

»Zu gering. Wer weiß das schon. Vielleicht fehlt dir für gewisse Dinge, die nun auch einmal zum Leben gehören, das Verständnis.«

»Hatte er es denn immer für gewisse Dinge?«

»Warum fragst gerade du das?«

»Ich? Wieso?«

»Ja, wieso. Du warst doch längere Zeit mit ihm eng zusammen. Länger als alle anderen, deshalb.«

»Er wollte es so. Von meiner Sicht aus gesehen war es mir auch unverständlich, was er an eurer Musik zu bewundern hatte. Ich kann dem keinen Geschmack abgewinnen. Ob er immer feurigen Herzens dabei war, ich wage es zu bezweifeln.«

»Es muss nicht immer so sein, dass man Feuer und Flamme für etwas ist. Was zählt, ist die Liebe zum Medium.«

»Was verstehst du unter Medium? Dich oder deine Geige?«

»Wenn du so willst, beides. Beide gehören unzertrennlich zusammen. Entsteht hier keine Bindung, kann es auch keine Einheit geben. Gib dich mit Inbrunst deiner Arbeit hin und du wirst einen großen Erfolg zu verzeichnen haben. Aber deine Skepsis kannst du dir sparen, du bist sowieso nicht der Typ dafür. Trabe weiter so durch diese Welt, seine Größe wirst du niemals erreichen.«

»Wer sagt dir denn, dass ich das überhaupt will?«

Ein müdes Lächeln umspielt ihren Mund.

»Wozu hast du dich dann an seine Fersen geheftet? Bist treu an seiner Seite geblieben wie ein Hund? Das erweckte mehr als einmal den Eindruck, dass du in seine Fußstapfen treten wolltest, sobald sich die Gelegenheit dazu bietet. Jetzt hast du sie. Fasse sie beim Schopf, eine zweite oder gar bessere bekommst du nicht mehr.«

Das war Wasser auf die Mühlen anderer. Viele sahen schon immer in ihm sein Double. Nur laut auszusprechen wagte dies bisher niemand. Sie hat es getan. War sie sich bewusst, welche Lawine sie hiermit lostritt? Die schweigende Mehrheit lässt sie nun doch etwas ratlos werden. Was tun? Sich rechtfertigen? Vor wem und wegen was? Sie konnte, ja sie musste davon ausgehen, dass fast allen die enge Beziehung zwischen diesen beiden so genannten Geschäftspartnern hinreichend bekannt war. Auch wenn das Wort Partner nicht so recht in die Landschaft passt. Sie selbst sah ihn immer nur als seinen Wasserträger an. Gewiss, auch er hatte seine Vorteile. Trotzdem, allzu viel Spielraum wurde ihm nicht eingeräumt. Schon gar nicht, wenn es darum ging, eine Vorliebe für gewisse Dinge voll in Anspruch zu nehmen. Diese Dinge standen nur ihm zu. Ihm, seinem großen Herrn. Eigentlich müsste er sich doch immer ausgesperrt gefühlt haben, verbittert sein darüber, dass es ihm nicht gestattet war, auch da mitzuhalten. Ist sein Schweigen damit begründet, dass er so abrupt an die Vergangenheit erinnert wurde? Mit welchen Vorstellungen ging er damals diese Liaison ein? Waren seine Erwartungen von Anfang an zu hoch geschraubt? Zehrte es denn nicht an ihm, immerfort nur von der Hoffnung leben zu müssen, irgendwann würde sich das Blatt schon zu seinen Gunsten wenden? Wie lange hätte er diesem Erwartungsdruck noch standhalten können? Wie steht es heute damit?

»Warum schweigst du? Hat es dich so hart getroffen, was ich laut aussprach? Du warst doch nur sein Diener.«

»Worüber hast du eigentlich mit ihm gesprochen, wenn ihr alleine wart?«

»Gesprochen? Alleine? Ein Mann wie er gab nichts von sich, was für andere interessant gewesen wäre. Wichtiges behielt er stets für sich. Wenn er dir keinen Einblick in seine Vorhaben gewährte, wem dann? Wir waren nur dazu da, um ihn zu unterhalten. Mit uns wollte er sich nur amüsieren. Was er dabei empfand? Nicht einmal darüber verlor er ein Wort. Bewerte es, wie du willst.«

»Was hielt euch dann bei ihm?«

»Das Gleiche wie dich. Frage nicht nach dem Unterschied, ich kenne ihn selbst nicht.«

»Der Unterschied, den ich meine, ist doch offensichtlich.«

»Du siehst also in uns auch nur die Frau.«

»Ist dir das zu wenig?«

»Zu einseitig. Überrascht es dich, wenn ich dir sage, dass wir erwarten, dass ein Mann bei uns in die Tiefe geht? Will er von uns etwas erwarten, dann muss es prickeln. Tief unter die Haut gehen. Sonst ist es zu oberflächlich. Es kann dann schon zu Ende sein, noch bevor es richtig begann.«

»Denkst nur du so? Oder alle anderen auch? Wenn dem so ist, wie war es ihm dann möglich, euch so lange zu halten?«

»Du sprichst hier wieder seine Gefühle für andere an. Vielleicht hast du Recht mit der Annahme, dass er weder im geschäftlichen noch im privaten Bereich richtige Glücksgefühle aufbringen konnte. Wenn ihm etwas gelang, so zeigte er nur den Anflug einer Zufriedenheit. Vielleicht noch etwas Genugtuung dabei. Aber so richtig Freude auszustrahlen überließ er immer anderen. Sie sollen zeigen, dass sie mit dem, was er vollbrachte für sie oder an ihnen, mehr als zufrieden sind.«

»Konntet ihr das?«

»Er ließ uns kaum Zeit dazu. Etwas drängte ihn immer. Mitunter fühlten wir uns schon wie Figuren auf einem Schachbrett. Wo aber war sein Gegner? Gab es ihn? Hast du jemals deine Stimme gegen ihn erhoben?«

Sein wiederholtes Schweigen war ihr Antwort genug

»Dann frage uns auch nicht nach dem Warum. Nicht dass ich dir keine Antwort geben wollte, ich habe keine. Wenn ich meine Blicke so schweifen lasse, dann bin ich damit wohl nicht die Einzige. Wer es besser weiß, soll sich dazu äußern.«

»Jeder hat seinen eigenen Standpunkt. Doch wer gibt diesen schon preis? Auf einige würden dunkle Schatten fallen. Ich spreche mich davon nicht frei.«

»Dann bist du einer der wenigen Ehrlichen aus seiner Umgebung. Heute mag es vielleicht noch nicht so zu Tage treten, wie viel jeder an Vorteilen für sich verbuchen kann. Sind erst einmal die Machtkämpfe abgeschlossen, kristallisiert sich alles heraus. Wer dann die Nase vorn hat, kann sich als Gewinner bezeichnen.«

»Welche Rolle spielst du jetzt in diesem Geschäft? Um nicht zu sagen, ihr alle? Beschränkt ihr euch auf die Musik, oder strebt ihr nicht doch mehr an?«

»Was glaubst du?«

»Ihr werdet es euch nicht leisten können, wählerisch zu sein.«

»Aber auch nicht jedem und mit allem, was wir zu vergeben haben, zu Diensten sein.«

»Das habe ich auch nicht erwartet.«

»Kannst du überhaupt etwas erwarten? Beziehe das nicht alleine auf uns. Ich spreche hier von seinem Nachlass. Wer hat hier die größten Vorteile? Wer kann überhaupt etwas erwarten?

»Wir bestimmt nicht. Wer also bleibt übrig? Es werden nicht viele sein. Alle anderen werden wie bisher für alles bezahlen müssen. Hier denke ich genau wie du, ich schließe uns nicht aus.«

»Von welchen Gedanken ließet ihr euch leiten, als ihr in seine Dienste tratet?«

»Du meinst, ob wir die richtigen und wahren Chancen verschlafen haben? Vielleicht waren wir zu sorglos oder dachten wie er. Ich nehme mir, was ich brauche, der andere kann es mir ja gleichtun. Dass sich aber zwischen seinem und unserem Denken ein breiter Graben befand, entweder wollten wir es nicht wahrhaben oder wir haben wirklich keinen gesehen. Hierauf eine Antwort zu finden, überlasse ich anderen. Was sollte die auch schon bringen. Änderungen wird es geben. Wie gravierend diese aber sind, die Zeit wird es bringen.«

»Das heißt, wenn ich dich richtig verstehe, dass es zu Trennungen kommt.«

»Ich dachte, ich hätte dir das schon zu Beginn unseres Gespräches zu verstehen gegeben. Es wird nicht alles auseinander driften, wie es der Einzelne befürchtet. Aber jeder wird einen Neubeginn suchen, wo auch immer. Ob dies in einer engeren Gemeinschaft geschieht, muss jeder für sich alleine entscheiden. Die wichtigste Frage, die uns alle angeht, so sehe ich das, ist doch wohl die, wer mit wem? Gibt es unter uns einen, dem du vertrauen kannst? Verdient überhaupt einer Vertrauen? Mir fällt es schwer, eine Vertrauensbasis aufzubauen.«

»Was war mit ihm?«

»Was soll gewesen sein? Wir benutzten uns. Das kannst du auslegen, wie du willst. Richtig gesehen hat er uns alle doch nur benutzt. Dich genauso wie uns und jeden anderen. Wie weit durftest du bei ihm gehen? Denke zurück, dann erkennst du die Barrieren, die er für jeden aufgebaut hat. Wenn du der Ehrlichkeit den Vorzug gibst, musst du mir Recht geben. Nur, was bedeutet hier schon Ehrlichkeit? Sie findet nur dort Anwendung, auch bei mir, wo ich selbst keinen Schaden nehme. Sage mir was anderes. Wie ich das aber dann sehe, steht auf einem anderen Blatt. Du hast dich sicher schon lange gefragt, warum gerade ich es bin, die dir Rede und Antwort steht. Vielleicht habe ich mich mit ihm mehr beschäftigt als ihr alle.«

»Wozu das?«

»Wozu? Du fragst immer nur warum, weshalb, wieso. Suche doch selbst einmal die Antwort. Ich will sie dir aber geben. Warum isst du jeden Tag? Doch nur, damit du am Leben bleibst. Warum ordnet sich ein Wolf dem Leitwolf unter? Doch nur, damit er nicht aus dem Rudel ausgestoßen wird und sein Dasein als Einzelgänger fristen muss. Vielleicht habe ich mir zu viel versprochen. Wollte mehr erreichen, als er bereit war zu geben. Vielleicht wollte ich auch seine schwachen Stellen finden, um ihn zu treffen. Wie viel es gebracht hat? Das Ergebnis kennst du. Du kannst es in Augenschein nehmen. Ich bin nicht weiter als zuvor. Aber so richtig auf der Stelle trete ich trotzdem nicht.«

»Dann hast du dazugelernt.«

»Vor allem die Balance halten. Niemals das Gleichgewicht verlieren. Wer fängt dich sonst auf? Ein Mann wie er ganz bestimmt nicht. Es sei denn, er läuft Gefahr, dass du ihn mit in den Abgrund ziehst. Wie sagte er einmal zu mir? Wage dich nicht zu weit vor.«

»War dies eine Warnung oder ein Ratschlag?«

»Nimm es, wie du willst. Für mich ist das alles gegessen. Ich blicke nicht mehr zurück. Sollen das andere tun. Meine Zeit ist mir dazu zu kostbar. Das sollte eigentlich für jeden gelten. Wenn ich in ihre Gesichter sehe, erweckt es den Eindruck, als ob für viele die Zeit schon abgelaufen ist. Nimm es nicht persönlich. Doch wie viel glaubst du noch in der Zeit, die dir bleibt, zu erreichen? Du bist wie die meisten hier über den Zenit hinaus. Wenn du aber glaubst, ich würde mich hier ausschließen, unterliegst du einem Irrtum. Es muss auch noch lange nicht heißen, dass ich alles aufgabe. Ich werde nur meinen Kampf etwas leiser und kraftsparender führen. Er muss deshalb noch lange nicht weniger nachhaltig ausfallen. Das solltest du auch tun. Wie viele solcher Zeiten glaubst du noch durchstehen zu können, ohne an Substanz zu verlieren? Wie lange kannst du noch ruhig bleiben, wenn du zusehen musst, wie andere an dir vorbeiziehen, obschon du ihnen den Weg geebnet hast? Es ist nicht viel, was sie dir noch übrig lassen. Wie oft willst du diese Erfahrung noch über dich ergehen lassen? Diese Frage trifft nicht nur dich alleine, sie geht uns alle an. Wie viel hat er euch erlaubt, als euren Anteil ansehen zu dürfen, obgleich ihr mehr dafür getan habt als er? Wer verrichtete denn die meiste Arbeit? Wie viel mussten wir geben, um ihn zufrieden zu stellen? Was bekamen wir davon zurück? Vieles davon möchte ich nicht noch einmal durchmachen. Wenn euch Besseres widerfahren ist, dann könnt ihr euch glücklich schätzen.«

»Du willst doch nicht sagen, dass du unglücklich warst mit ihm.«

»Was verstehst du unter Glück? Oder besser gesagt, wie definierst du es? Ich für meinen Teil kann dir nur so viel sagen, er ließ solches nicht zu. Nehmen und Geben. So entsteht noch nicht einmal der Anflug eines Glückes, geschweige denn eine Möglichkeit, das richtig auszuleben. Du kannst bei ihm alles beiseite schieben, soweit es nur dich betraf. Er freute sich noch diebisch darüber. Aber wehe, es betraf ihn.«

Hier ist sie an einem Punkt angelangt, dessen Auswirkungen auch andere zu verkraften hatten. Nur die wenigsten wollen oder können darüber sprechen. Was hindert sie daran? Wenn, dann doch nur das Eingeständnis über ihre ureigenste Mutlosigkeit. Mit welcher inneren Macht war er ausgestattet, dass keiner den Weg fand, sich ihm entgegenzustellen? Jeden Ansatz dazu erstickte er schon im Keim. Es gelang ihm immer wieder, ihnen zuvorzukommen. Was war sein Geheimnis? Einen Teil davon gab er doch einmal preis.

Wenn du die Gedanken anderer erraten willst, beachte ihr Verhalten. Schließe es bei keinem Zusammentreffen aus. Dann bekommst du einen Aufschluss über ihr weiteres Verhalten. Es sagt dir mehr als alle ihre Worte. Worte kannst du verfälschen, dein Verhalten aber, wie du zu allem stehst, nicht. Das lässt sich nur an Gesten ablesen. Wenn du sie so zu lesen verstehst, wirst du ihnen immer überlegen sein. Vollkommen beherrschen kannst du niemanden. Aber du kannst sie zur Verzweiflung bringen, dass sie alles Erforderliche, um dir nicht unterlegen zu sein, in sich erst gar nicht aufkommen lassen. Wenn du ein solches Verhalten, wie ich es habe, verurteilen willst, dann mach es. Vergiss aber niemals dabei, dass dir das jeden Tag ein anderer antun kann. Was also soll daran ungerecht oder gar anrüchig sein, wenn du ihnen zuvorkommst? Verabscheue es. Mag auch dein Weg am Ende ruhmvoller sein, er wird dafür weitaus beschwerlicher und bei weitem nicht so gut mit Reichtum bestückt sein wie meiner. Was zählt, ist nun einmal der Reichtum. Nur der Wohlhabende, der dann auch noch vorgibt, ein Gönner zu sein, erfreut sich größtmöglicher Beachtung. Alle anderen sind kleine Fische in einem übergroßen Meer. Ihre Worte bleiben ungehört. Nun sage mir, was ist falsch daran?«

Als sie seine Worte noch einmal vorbrachte, herrschte tiefstes Schweigen. Wer wagt es, seine Worte noch einmal aufleben zu lassen? Wer kann es überhaupt wagen, ohne gleich in Misskredit zu fallen? Es dürften nicht viele sein. Sie alle haben ihm andächtig zugehört, wenn er seine Thesen und seine Philosophie zum Besten gab. Vielleicht war der eine oder andere nur deshalb darüber verstimmt, weil ihm es nicht einfiel. Wie es auch immer sei, einmal mehr ist es ihm gelungen, noch in seinem Tode keine Einheit unter ihnen aufkommen zu lassen. Sie bleiben weiterhin zerstritten wie eh und je. Galten doch seine Bemühungen zeitlebens nur einem Ziel: Alles, nur keine Nachfolger heranzüchten. Er glaubte sich einmalig und wollte auch so in die Geschichte eingehen. Auch wenn alles nur für ein kleines Territorium Gültigkeit hat, sein Name wird weiterhin genannt. Vielleicht diente seine Anhäufung von Kapital anderen zum Anreiz, es ihm gleichzutun. Dem hatte auch er nichts entgegenzusetzen. Nur seine eigenen Mittel dazu, die würde er schon gerne als einmalig angesehen wissen. Solange er aber seine Füße über diese Erde bewegt, soll es niemand wagen, ihm den Rang abzulaufen. Dass dies auch seinen Preis hat, wer weiß das nicht? Aber alles zu seiner Zeit und in kleinen Schritten. Alles will genauestens überdacht sein.

Warum löst sich die schweigende Menge nicht auf? Was erwarten sie noch zu hören? Oder will sich gar einer doch noch zu seiner Vergangenheit mit ihm äußern? Den Ballast loswerden, der ihm von ihm aufgebürdet wurde? Denn eines ist unbestritten, es war für viele Ballast, was er ihnen abverlangte. Was kam davon zurück? Herzlich wenig. Doch auch das sah er schon als zu viel an. War es denn nicht schon ein Verdienst für sie, dass sie ihn begleiten durften? Sind es diese Gedanken, die sie beschäftigen, aber keiner vermag sie richtig in Worte zu fassen? Ist dies der Grund, weshalb sie alle noch ausharren? Die Geigerin machte doch den Anfang. Sie zeichnete doch ein Bild von ihm, so wie sie ihn sah und auch erlebt hat. Warum tut sich die übrige Gesellschaft so schwer, es ihr gleichzutun? Sie wissen doch jetzt um seine Fehler. Müsste es da nicht ein Leichtes für sie sein, solche tunlichst zu vermeiden? Sollen sie sich denn in alle Winde zerstreuen, ohne ihre Seele befreit zu haben? Wollen sie ihm diesen Triumph überlassen? Welche Schmach ist größer, die des Schweigens oder die, es einer Frau zu überlassen, ein Fazit über sein wahres Leben zu offenbaren? Auch wenn sie vielleicht einen besseren Einblick in seine Vorhaben hatte. Ihre Eigenschaft des Richtigfühlens zeigt ihr früher als allen anderen an, worauf es ankommt. Dies aber sollte andere noch lange nicht davon abhalten, nicht auch ein eigenes Bild von ihm zu erstellen. Geht es jetzt darum, welche Töne sie anschlagen sollen? Wer hier versucht, einen Gleichklang herzustellen, wird sehr bald erkennen, dass es einen solchen niemals geben kann. Nicht die Verschiedenheit der einzelnen Personen ist dafür verantwortlich, einzig und alleine ihr unterschiedliches Verhalten zu ihrem eigenen Dasein ist schuld daran. Jeder will es im besten Licht dargestellt wissen. Kein Schatten darf auf sie fallen. Wie groß aber ist sein Schatten, der über allem liegt? Welche Last trägt dieser mit sich? Abschütteln sollten sie diesen, anstatt sich immer wieder neu von ihm ins Dunkel setzen zu lassen. Für sie sollte es heißen, die Jagd auf eigene Vorteile ist eröffnet. Vergessen machen, dass es ihn gab. Aber keiner will sich den dafür nötigen Ruck geben, ihr beizupflichten. Wer kann dies auch schon erwarten. Am allerwenigsten sie, die

Geigerin. Es kann daher für sie nur eines geben, ihren langen Ausführungen weitere folgen zu lassen.

»Keiner von uns sollte vergessen, warum wir hier zusammengekommen sind. Es ist aber auch nicht der Ort, der uns unbedingt in bodenlose Trauer versetzen sollte. Halten wir die Waage zwischen Gedenken und Vermächtnis.«

»Welchen Unterschied siehst du darin?«

Es bleibt also weiterhin ein Zwiegespräch zwischen ihr und ihm, seinem langjährigen Weggefährten. Im Grunde genommen waren sie doch allesamt nicht mehr. Fühlten sich auch einige als seine Partner, es war alles nur einseitig. Mehr war von ihm auch niemals gewollt.

»Unterschied? Sollen wir seiner im Hass gedenken für all das, was er uns angetan hat? Oder sollen wir nicht doch besser, wenn auch nicht auf allen Ebenen, so doch in gewisser Hinsicht über sein Vermächtnis nachdenken?«

»Was hat er uns hinterlassen? Einen uneinigen, wenn nicht gar zerstrittenen Haufen.«

»Hast du etwas anderes erwartet nach seinem Abtritt? Hat er denn nicht ständig das Feuer geschürt, das heißt, alles, nur keine Einigkeit, unter sie zu bringen? Kein einheitliches Denken, schon gar kein dementsprechendes Handeln aufkommen zu lassen? Beklage dich darüber, du selbst hast einen Teil mit dazu beigetragen, dass es so gekommen ist. Oder bist du schon einmal auf die Idee gekommen, dich gegen ihn zu stellen?«

»Wie hätte ich das auch tun sollen?«

»Eben, wie hättest du das tun sollen. Stehe also jetzt nicht herum und jammere, das bringt keinen von uns weiter. Nutze die Gunst der Stunde, pack die Gelegenheit beim Schopf, lass das letzte bisschen Positive, das noch in dir steckt, zum Tragen kommen. Frage dich, wie würde er jetzt vorgehen? Du kannst aber niemals so werden wie er. Schon gar nicht die gleichen Erfolge erzielen. Dennoch solltest du, und auch wir, zumindest einen Teil davon schaffen. Ganz so wie er möchte auch ich nicht werden. So tief werde ich mich niemals in diese Niederungen, in denen er sich so wohl fühlte, hinab begeben. Das widerspräche meiner Natur. Er aber konnte sich darin auch noch so richtig suhlen, wie ein Schwein im dicksten Morast. Auf einer solchen Ebene wirst du mich niemals antreffen, da verabschiede ich mich vorher von dieser Welt. Auch verschiedene Charaktere gab es für ihn nicht. Bei ihm waren sie alle gleich. Er gab es mir in einem Gespräch deutlich zu verstehen. Sieh sie dir doch an, sagte er zu mir. Sieh hin, wie sie nach Erfolg lechzen. Wie sie dem schnöden Mammon hinterherjagen. Achte auf ihre neidvollen Blicke, wenn es anderen besser geht als ihnen. Schaffen sie es nicht, das zu erreichen, was sie sich vorgenommen haben, dann verkriechen sie sich, nur damit kein anderer mitbekommt, wie sie wieder einmal versagt haben. Siehst du hier einen Unterschied? Sie unterscheiden sich nur im Aussehen. Beurteile sie aber nicht danach. Die Enttäuschung könnte eine Nummer zu groß werden für dich. Nur eines wirst auch du sehen. Ihre Habgier bietet ihnen keine Möglichkeit zu einem langsameren Vorgehen. Alles über den Haufen rennen, was sich ihnen in den Weg stellt. Jeder will der Erste sein. Nun sage mir, wo sie sich hier noch unterscheiden. Er gab wenigstens zu und räumte ein, dass ein solches Vorgehen sein Schlüssel zum Erfolg war. Wenngleich es bei ihm anders aussah. Hetzen, jagen, rennen, das alles haftet uns an. Anders bei ihm. Zumindest für unsere Musik nahm er sich die Zeit. Für uns sah es dann schon so aus, als würde er Geschehnisse, die ihn belasteten, abbauen. Ob es auch wirklich so war, konnten auch wir nicht erkennen. Vielleicht wollten wir das auch gar nicht. Wir glaubten es zumindest. Dennoch wuchsen wir nicht über uns hinaus. Mit Stolz erfüllte uns das schon. Wem würde es nicht ebenso ergehen? Scheusal hin, Scheusal her. Er strahlte nicht viel Gutes aus, und das wenige zu erkennen war schwer genug. Andererseits ließ er auch keinen Zweifel daran, dass ihm gar nicht daran gelegen war, als ein guter Mensch angesehen zu werden. Sein Credo war ja auch immer: Nur wer Angst hat, ist gefügig. Ihr alle. Sage mir einer, ob ihr ihn anders gesehen habt.«

»Du standest ihm näher als wir.«

»Du willst damit sagen, Haut an Haut. Wie viel, glaubst du, ließ er mich von sich spüren? Es war mir leichter, seine Haare auf der Brust zu zählen, als in sein geheimstes Inneres zu gelangen. Wer ihm so nahe war wie wir, wird mir beipflichten.«

Viel an Reaktionen der anderen, nach ihren klaren Worten, war nicht zu verspüren. Sie haben sich alle Zurückhaltung auferlegt. Obgleich doch alle wissen, wie nahe ihre Worte der Wahrheit kommen. Dass sie so frei über ihre Beziehung mit ihm reden konnte, lag auch mit daran, dass diese Seite in seinem Leben allen bekannt war. Sie unterlag keinem Geheimnis. Für ihn war das immer ein natürliches Bedürfnis gewesen. Was gab es da zu verheimlichen oder zu verschleiern. Wer dies versucht, flüchtet sich nur in eine Scheinwelt. Anders sieht es mit ihrem tatsächlichen Leben aus. Hier ist niemandem daran gelegen, andere tiefer in ihre Welt, die Welt der Geheimnisse, eindringen zu lassen. Was ihr Leben mit ihm, sofern davon gesprochen werden kann, betrifft, hier steht es niemandem zu, daran herumzumäkeln. Es nimmt auch keiner Anstoß daran. Sie haben doch alle mit sich selbst genug zu tun. Wozu sitzen sie eigentlich alle noch hier? Es muss schon interessant sein zu erfahren, welche Erlebnisse der Einzelne mit ihm hatte. Aber können sie etwas davon auf ihren weiteren Weg mitnehmen? Haben sie denn nicht alle Höhen und Tiefen ausgiebig erlebt? Es kann doch kaum noch eine Steigerung geben. Allenfalls zum Geruhsamen hin. Doch wer gedenkt sich schon auszuruhen? Worauf könnten sie das auch? Verlief doch diese so genannte Zusammenarbeit in all der Zeit nur für einen zufriedenstellend, doch nur für ihn. Er alleine war der große Nutznießer. Um dem Geschehen den richtigen Rahmen an diesem denkwürdigen Tag zu verleihen, bleibt nichts anderes übrig, als wieder zu den Instrumenten zu greifen. Noch einmal das aufleben zu lassen, was er ihrer Meinung nach so schätzte. Obgleich doch Zweifel angebracht sind. Nur diese haben für einen Tag wie den heutigen keine Gültigkeit. Jetzt werden ausnahmsweise andere Prioritäten gesetzt. Zielstrebig auch weiterhin nach vorne marschieren. Sie waren doch bisher wahrlich brav genug. Haben immer nur zugesehen, wie er sich das holte, wovon auch sie gerne ein Stück abhaben wollten. Jetzt, da er seine schmutzigen Finger nicht mehr im Spiel hat, sehen sie ihre Zeit gekommen. Zusammenraffen, was geht. Sind ihre Finger deshalb sauberer? Wohl kaum. Einzeln verlassen sie nun den Ort, Womit beschäftigen sich ihre Gedanken? Können sie überhaupt selbstständig agieren? Sie werden sich zerstreuen wie die Spreu im Wind. Müßig, darüber nachzudenken, ob ihr Konzept aufgeht. Wie viel von ihrer eigenen Handlungsweise, von ihrer Fähigkeit, selbst zu handeln, wurde ihnen belassen? Sie waren doch mehr oder weniger nur Befehlsempfänger. Ausführen, was ihnen aufgetragen. Sie werden weiterhin säen, doch werden sie auch ernten? Und wenn, wie groß wird ihr Ertrag sein? Doch das alles ist für sie im Augenblick ferne Zukunft. Über seine Hinterlassenschaft herfallen? Sie wollen doch jetzt erfolgreich sein und nicht noch länger im Schatten stehen. Ihrer Auffassung nach kann es einen solchen doch gar nicht mehr geben. Der einzige Schatten, der von ihm noch ausgehen darf, ist der seines Grabsteines. Sich dort weiterhin hinzubegeben wird wohl kaum jemandem einfallen. Es sei denn, irgendetwas von ihm wird vermisst, um sich dort die Antwort zu holen. Diejenigen, denen er wirklich fehlt, sind an einer Hand abzuzählen. Sie werden dann auch wohl die Einzigen sein, die von ihm, von was auch immer, doch noch zehren können. Allen anderen bleibt nicht viel.

Da sich die Versammlung mehr und mehr auflöst, sehen auch die Geigerinnen keinen Anlass mehr, die Saiten ihrer Instrumente zu strapazieren. Ist dies zugleich ein Abschied aus dieser Gesellschaft für immer? Werden sich ihre Wege trennen, ohne sich jemals wieder zu begegnen? Daran mag niemand glauben. Am allerwenigsten die stimmgewaltige Fürsprecherin.

»Heften wir uns an ihre Fersen?«

»Wozu soll das gut sein? Du hast doch ihm, seinem einstmals Vertrautesten, und somit zugleich allen zu verstehen gegeben, dass sie von dir nichts mehr zu erwarten haben. Mit wie viel Reichtum bist du ausgestattet, dass du dir das leisten kannst?«

»Ich habe nicht mehr und nicht weniger als du auch. Und du nagst bestimmt auch nicht am Hungertuch.«

»Genauso wie du.«

»Wenn wir uns auf ihre Fährte setzen, gibt es bestimmt vieles zu erfahren. Es wäre schon interessant mitzuerleben, wie sie es anstellen, ihre Vergangenheit abzuschütteln. Vielleicht beteilige ich mich sogar daran. Warum sollen wir unseren Vorteil aus den Augen verlieren? Was sie uns noch übrig lassen, wird nicht sehr üppig ausfallen, aber es kann sich bestimmt sehen lassen.«

»Wem gedenkst du dich dann hinzugeben? Denn darauf läuft es im Endeffekt hinaus. Wundere dich aber nicht, wenn du feststellen musst, welch gravierenden Unterschied es hier gibt.«

»Wo soll es hier einen Unterschied geben? Waren sie denn nicht immer mit von der Partie, wenn er geladen hatte? Ich vergäße schon nicht, dass sie das gezwungenermaßen getan haben. Sie mussten dabei sein, wollten sie bei ihm nicht in Ungnade fallen. Auch wenn er das nicht so ernst nahm. Er glaubte nie so recht daran, dass sie ihm die Stange halten, an der er sich dann hochziehen konnte. Es bereitete ihm hauptsächlich Vergnügen, wenn sie um sein Wohlwollen buhlten, auch wenn sie wussten, ja sogar damit rechnen mussten, dass er sie im nächsten Augenblick in den tiefsten Dreck stoßen konnte. Sie hatten keine andere Wahl. Jetzt sieht das alles ganz anders aus. Sie bestimmen jetzt selbst, was getan wird. Mit welchem Ergebnis, kannst du dir selbst ausrechnen. Erwarte auch kein einheitliches Vorgehen. Dazu gehen ihre Anschauungen zu weit auseinander. Wäre es ihm gelungen, seinen Musentempel zu errichten, sähe dies ganz anders aus. So ganz ohne Hoffnung sehe ich daher unsere Zukunft trotzdem nicht. Auch wenn sich die vergangene Zeit so nicht mehr wiederholt, enttäuscht bin ich dennoch nicht über sein frühes Ableben. Ich möchte sie aber auch nicht mehr in allen Belangen so erleben. Dann schon eher eine Durststrecke überwinden, als weiterhin erniedrigt und gezwungen zu werden. Die meisten werden sich sowieso, so wie es aussieht, von uns für immer verabschieden. Ich weine ihnen auch keine Träne nach. Halten wir uns im Hintergrund. Von da aus können wir ihr Vorgehen besser beobachten und auch beurteilen. Vorausgesetzt, du gehst den weiteren Weg mit mir gemeinsam. Wenn du alleine dein Glück versuchen willst, ich hindere dich nicht daran. Du kannst es dir überlegen, wofür du dich entscheidest.«

»Was gibt es da schon für mich zu überlegen? Meine Aussichten, einen Auftrag zu bekommen, sind geringer denn je. An wen hat er sich immer gewandt, wenn es darum ging? Doch nur an dich.«

»Du darfst nicht übersehen, dass immer nur er es war, der uns haben wollte. Ich habe dich dann immer ins Boot geholt, weil ich dich immer an meiner Seite haben wollte,«

»Dem kann ich nicht widersprechen. Was mir schwer fällt auszusprechen, ist, auch für das Danach warst meistens doch nur du zuständig.«

»Spricht Eifersucht aus deinen Worten? Dazu lag nie ein Grund vor, wie du heute weißt.«

»Heute. Damals sah das anders aus. Es gab nicht wenige, die mehr vermuteten, als nach außen hin durchdrang.«

»Ich hatte mir auch mehr versprochen. Was ist im Endeffekt herausgekommen? Sieh uns an, dann kennst du das Resultat. Machen wir uns lieber auf, einer neuen Ära entgegenzugehen, als uns gegenseitig Vorhaltungen zu machen oder uns zu belehren, was wir hätten besser machen können. Im Nachhinein erkennt jeder seine Fehler. Was uns bleibt, ist ein gegenseitiges Versprechen, besser auf alles zu achten, die kleinsten Anzeichen zu erkennen. Wenn der Wind nicht gut steht für uns, besser abzubrechen, als ins Verderben zu laufen. Auch wenn es unter ihm nicht dazu geführt hat, er konnte uns nicht fallen lassen, dies wäre gleichbedeutend gewesen mit Entzug seines Vergnügens. Er brauchte dies, genauso wie die ständige Schadenfreude über die Niederlagen seiner so genannten Beteiliger. Sie waren keineswegs an allem beteiligt. Mitunter gab er ihnen noch nicht einmal das Gefühl, dass sie es sein könnten. Sie wollen sich nur keine Blöße geben und sich das selbst eingestehen. Am allerwenigsten darf dieser Eindruck nach außen entstehen. Das wäre ihr völliger Untergang. Abwarten, ob ihnen bewusst wird, wie nahe sie sich am Abgrund befinden. Dies ist jetzt genau der Punkt, worauf es uns ankommen muss.«

»Was willst du damit sagen?«

»Sie gehen nach wie vor davon aus, dass wir, wenn auch nicht ständig, so doch die meiste Zeit mit ihm verbrachten und somit einen tieferen Einblick in seine Praktiken hatten. Lassen wir ihnen diesen Glauben. Obschon ich es ihnen zu verstehen gab, dass es nicht an dem war. Ich lege auch keinen Wert darauf, ihr vollstes Vertrauen zu gewinnen. Worum es mir in erster Linie geht, ich will einfach nur mithalten können. Nicht mehr in den Hintergrund geschoben werden, wenn alles vorbei ist. Wenn sie bekamen, was sie wollten. Das Gleiche sollte für dich gelten. Sollte sich hinterher herausstellen, dass wir genauso viel oder wenig wussten wie sie selbst, trifft uns das nicht. Es lag nicht in unserer Absicht, sich bei ihnen anzubiedern. Nur, bei dem Chaos, in dem sie sich zur Zeit befinden, ist es fraglich, ob sie zum einen überhaupt auf uns zurückgreifen, und zum anderen, ob sie es gewahr werden, auf welchem Irrweg sie sich befinden.

Mischen wir mit in diesem Chaos. Verrückter, als es schon ist, kann es nicht mehr werden.«

Ihre Strategie stand also fest. Dennoch gab es da noch etwas. Ihre zukünftige Partnerin spricht sie darauf an.

»Was wird nun aus seinem großen Projekt, von dem er so schwärmte?«

»Du meinst seinen Musentempel.«

»Nein, es gab da noch ein anderes, weitaus größeres. Wenn mich nicht alles täuscht, hatte er darüber mit einem seiner Mitläufer richtigen Streit.«

»Dann weißt du mehr als ich. Er hat dir demnach etwas anvertraut, was er mir verschwiegen hat. Jetzt wird immer deutlicher, wie wichtig unsere Zusammenarbeit ist.«

»Er hat es mir nicht anvertraut, ich habe das ungewollt mitbekommen. Es kann sogar sein, dass der, mit dem du nach dem Begräbnis so lange gesprochen hast, darin verwickelt ist.«

»Jetzt verstehe ich gar nichts mehr. Wenn er über ein so großes Projekt Bescheid wusste, warum wollte er dann von mir mehr wissen? Ob ich ihn darauf ansprechen soll?«

»Du hast doch selbst gesagt, und das wissen wir auch alle, dass er nicht jeden über alles in Kenntnis setzte. Das kann genauso gut auch für ihn gelten.«

»Sein größter Triumph war immer der, wenn er etwas aus der Versenkung emporheben konnte. Wieder einmal mehr war es ihm dann gelungen, alle zu täuschen. Mit seinen Vorhaben immer hinterm Berg zu halten, darauf war bei ihm alles ausgelegt. Was scherte ihn da, in welcher Verfassung er andere zurückließ. Für ihn zählte nur sein eigener Vorteil. Ausreizen bis zum Letzten. Das Einzige, was ich bei ihm gelernt habe, ist, nichts verloren zu geben. Auch wenn es noch so aussichtslos scheint, dranzubleiben. Auf Fehler anderer zuu warten und dann zur Stelle zu sein. Wenn wir nach seinem Muster vorgehen, werden wir noch so manche Überraschung erleben. Brotlos werden wir so nie. Wir sind bisher immer satt geworden, und das wird auch so bleiben. Mag auch die Zeit nicht dazu angetan sein, dass wir uns großen Illusionen hingeben können, den Bettelstab brauchen wir aber ebenso wenig zur Hand zu nehmen. Ich frage mich nur, was aus alldem wird, was er zurück lässt.«

»Wenn er etwas zurücklässt, was von Wert ist.«

»Langsam werde auch ich unsicher. Wer war denn bei seiner Beerdigung? Doch nur die, die sonst auch um ihn herum waren. Kein Nachruf war zu lesen, der auf Angehörige schließen lässt. Oder hast du fremde Gesichter gesehen?«

»Das muss nichts zu bedeuten haben. Wir alle wissen, wie er seine Tage verbrachte. Verwandtschaftliche Gefühle waren bei ihm nie festzustellen. Wenn es sie wirklich gab, kann es gut sein, dass sie noch nichts von seinem Abgang wissen. Aber hat er wirklich etwas zurückgelassen, dann bestimmt nicht für sie. Vielleicht hat er sich auch mit seinen Wahnsinnsprojekten übernommen. Wer weiß das schon?«

»Das ist noch nicht einmal so weit hergeholt. Das würde auch zu ihm passen.«

»Vorauf willst du hinaus?«

»Auf sein Leben, das er führte. Als ich ihn lobte wegen der Konzerthalle, dass er hier etwas Positives für seine Nachkommen schaffen würde, lachte er mir frech ins Gesicht. Du glaubst doch nicht etwa, sagte er zu mir, dass ich irgendeinem auch nur einen Krümel hinterlassen werde. Was aber damit nach seinem Tode geschehen soll, diese Antwort blieb er mir schuldig. Heute hat sich das ohnehin erledigt.

Somit kannst du fest davon ausgehen, dass er alles, aber auch alles, wieder unter die Leute gebracht hat. Wenigstens steht sein Anwesen noch. Sollen wir uns hier häuslich niederlassen?«

»Willst du rausgeworfen werden?«

»Abwarten und bleiben, bis jemand Besitzansprüche stellt, dann ist immer noch Zeit, den Rückzug anzutreten.«

»Was wird wohl aus den anderen werden?«

»Was soll aus ihnen werden? Wer sich uns anschließen will, kann das tun. Nur, die Abläufe im Haus bestimmen wir. Hier läuft alles nach unseren Regeln. Wenn es sein muss, werfen wir es ihnen so lange vor die Füße, bis sie das begriffen haben. Nichts davon, was sich für uns in der Vergangenheit als negativ oder belastend herausgestellt hat, darf sich noch einmal wiederholen. Sonst bleibt die Tür für immer verschlossen. Es war so manches Mal schwer genug, das ertragen zu müssen. Sollen sie doch ihre Lustgefühle anderweitig ausleben. Aber nicht mehr bei uns. Schon gar nicht, wenn wir keinen ausreichenden Gewinn davontragen. Jetzt zahlen wir mit gleicher Münze zurück. Über ihr Wehklagen werden wir uns lächelnd hinwegsetzen.«

»Du bist dir also sicher, dass sie sich bei uns einfinden, wenn wir uns im gemachtem Nest einnisten?«

»Nicht alle. Du kennst sie aber genauso gut wie ich. Die lassen keine Gelegenheit aus. Wir brauchen noch nicht einmal Köder auszulegen. Die wissen, wo der Futternapf steht. Wie reichlich er allerdings gefüllt ist und vor allem ob, richtet sich ganz danach, wie offen ihre Hände sind. Wenn sie sich unserer Musik verbunden fühlen, lässt sich vieles erreichen. Ich erwarte nicht, dass sie dahinschmelzen wie Eis in der Sonne. Lobeshymnen können sie sich ebenso sparen. Es geht hier schlicht und einfach darum, dass sie uns Anerkennung zollen. Worte alleine genügen nicht. Jedes Ding hat seinen Preis. So ist das nun mal.«

Sie mussten nicht lange warten, bis die Ersten vor ihrer Tür standen. Müßig, was sie bewogen haben mag, den Weg zu ihnen zu suchen. Jeder gibt, wenn er danach gefragt wird, einen anderen Grund an. Welcher von ihnen aber ist glaubhaft? Mit Sicherheit kann nur ein Grund angesehen werden, der sie alle verbindet: der Grund zu erfahren, welche Geheimnisse er mit ins Grab nahm. Dass sich um seine Person Geheimnisse ranken, dies bleibt nach wie vor unbestritten. Wo diese suchen, wenn nicht in seinem eigenen Haus? Wie aber vorgehen, ohne Verdacht zu schöpfen? Verdacht zu erregen, wonach sie eigentlich suchen? So unterschiedlich wie ihr Aussehen, genauso unterschiedlich ist ihre Vorgehensweise. Nur für eine macht das keinen Unterschied. Hat sie nicht doch schon zu viel von ihm angenommen? Wo ist ihre eigene Einschätzung der Dinge? Hat sie diese mit seinem Tod abgelegt? Würde sie dies erkennen, es müsste sie erschrecken. Wer vermag Achtung oder gar Gefühle anderen gegenüber an den Tag legen, wo es offensichtlich ist, welchen Zweck und Sinn ihre Besuche eigentlich haben? Das Einzige, wo sie sich Zurückhaltung auferlegen muss, ist, sich offen an ihrer Scheinheiligkeit zu weiden, die sie alle zu Tage fördern. Auch wenn es sie noch so sehr reizt, sie dies spüren zu lassen. Sie weiß nie, ob sie nicht den einen oder anderen nicht doch auch einmal um einen Gefallen bitten muss. In einem Gespräch mit ihrer besten Freundin versucht sie dies besonders herauszustellen. Denn auch ihr ist es anzusehen, mit welcher Genugtuung sie jedem Besucher entgegensieht. Es ist schon für jeden ein erhabenes

Gefühl, wenn ihm zu verstehen gegeben wird, gebraucht zu werden. Auch wenn es in den meisten Fällen doch nur vorgetäuscht ist. Für den Augenblick aber reicht es aus, um eine Etage höher zu schweben.

»Wagen wir uns nicht zu weit vor. Mir müssen nicht mehr tun als sie alle. So wie es aussieht, kann auch uns nur der Zufall helfen, der uns dahin führt, wo alle seine Geheimnisse verborgen sind.«

»Du glaubst also, dass es sie gibt.«

»Es muss sie geben. Warum sonst sollten die sich so viel Mühe geben, dahinter zu kommen. Einige hatten auch Einblicke, wenn auch nicht in alles, so doch in viele Dinge, die er bewegte. Meistens gewährte er ihnen sogar absichtlich Einblick, auch wenn schon alles vorüber war. Dann standen sie eben vor vollendeten Tatsachen. Es mag ihm schon bewusst gewesen sein, was er damit anrichtete. Du darfst ihn aber nie nach seinen Schuldgefühlen fragen, er hatte keine. Als ich ihn darauf einmal ansprach, ob sie das nicht als eine Beleidigung auffassen könnten, warf er mich fast hinaus. Wage es niemals mehr, so etwas zu sagen. Sie sind es, die mir ständig Fußfesseln anlegen wollen. Mich hindern, rasch vorwärts zu kommen. Ich gebe nur weiter, was sie mir verabreichen wollen. Schenke niemandem Vertrauen. Sei immer wachsam. Höre auf das, was sie dir sagen. Vor allem, wie sie es sagen. Sieh in jedem, der dir begegnet, deinen Feind. Nur so kannst du dich vor Enttäuschungen schützen. Die Welt ist böse und du stehst mittendrin. Umgib dich mit dem Mantel der Unnahbarkeit. Du hast dann zwar nur Feinde um dich, aber bedenke eines: Ein Feind ist besser zu beherrschen als ein Leisetreter. Ihn kannst du nicht durchschauen. Du weißt nie, was er gerade im Schilde führt. Glaube mir, sie hier sind die Schlimmsten von ihnen. Zum einen möchten sie mir alles nachmachen, wenn es geht, noch besser sein. Zum anderen wissen sie nicht, wie sie das anstellen sollen. So sagte er zu mir. Ich muss ihm Recht geben. Wenn du so willst, sind sie in einer schlechteren Position als wir. Wir können abwarten. Ihnen bleibt dazu keine Zeit. Die wollen sich auch gar keine Zeit nehmen. Sie suchen den schnellen Erfolg. Wie bei einem Wettbewerb, ich war der Erste. Was dann folgt, ist schnell ausgemacht. Dass es bis heute nicht dazu kam, lag einfach daran, weil sich keiner gegen ihn erheben wollte. Da nun aber das größte Hindernis beseitigt ist, steht ihnen der Weg offen. Sie brauchen keine Rücksicht mehr zu nehmen.«

»Und wir stehen mittendrin, wie du eben sagtest.«

»Das mag so aussehen. Glaube aber nicht, dass wir keinen Trumpf in der Hand haben. Lassen wir ihnen den Glauben, dass wir mit leeren Händen dastehen und auf sie angewiesen sind. Warten wir ab, bis sie sich gegenseitig zerfleischen. Ich gebe dir Brief und Siegel darauf, wenn es denn so weit ist, fliegen die Fetzen. Sie sind von ihrer Realität förmlich umklammert. Fieberhaft suchen sie einen Ausweg, sich davon zu befreien. Wie sie das letzten Endes anstellen, lass dich überraschen. Du kommst dann aus dem Staunen nicht heraus. Sorge bereitet mir nur, sie könnten versuchen, es hier durchzuziehen. Dies müssen wir von vornherein unterbinden. Das Wie wird sich schon finden. Auch wenn wir nicht allzu viele Möglichkeiten dazu haben. Die wenigen müssen wir eben konsequent nutzen.«

»Versuchst du hier nicht etwas zu verteidigen, was doch gar nicht vorhanden ist?«

»Du meinst die Erbschaft von ihm.«

»Genau die.«

»Damit magst du Recht haben. Wer sagte aber, dass es sie nicht doch gibt? Irgendetwas muss von ihm noch übrig sein. Es kann und darf nicht alles verloren sein. Das glaube ich nicht. Die anderen werden es genauso sehen wie ich. Vielleicht packen wir es nur verkehrt an. Ein Pferd wird doch auch am Kopf aufgezäumt und nicht am Schweif. Denken wir uns einmal hinein in seinen Kopf. Gefährlich wird es nur dann, wenn sie uns auf die Schliche kommen. Oberstes Gebot ist daher, auf jedes Wort, das sie von sich geben, sorgfältig zu achten. Niemals dagegen sprechen. Wenn wir etwas herausfinden, für uns behalten. Anders können wir ihnen nicht zuvorkommen, wenn wir nicht leer ausgehen wollen. Wir haben doch wahrlich lange genug geblutet dafür. Für uns muss jetzt eine ganz neue Zeit anbrechen. Vorsicht ist in erster Linie vor ihren Schmeicheleien geboten. Je schmieriger sie daherkommen, desto gefährlicher sind sie. Wir schenken ihnen nach außen hin die Aufmerksamkeit, die sie von uns erwarten. Wie wir uns aber innerlich abschotten, das bleibt unser Geheimnis. Vor allem dürfen wir keinen aus den Augen lassen. Ich bin mir nicht sicher, ob nicht doch der eine oder andere vor uns etwas verbirgt. Ich traue ihnen nicht.«

»Mag schon sein, dass du damit nicht ganz falsch liegst. Wenn du ihnen zuhörst, dann klingt es so, als würden sie die Wahrheit sprechen. Drehst du ihnen aber den Rücken zu, habe ich das Gefühl, als würden sie über alle und alles lachen. Deswegen fällt es mir schwer, ihnen zu glauben. Von einem richtigen Vertrauen kann sowieso keine Rede sein. Die sind so hinterhältig, schlimmer geht es wohl kaum noch.«

»Sie hatten ja auch einen guten Lehrmeister. Von mir jedenfalls können die nichts mehr erwarten. Da müsste schon ein Wunder geschehen. Da diese aber bekanntlich äußerst selten sind, wird wohl kaum etwas Entscheidendes geschehen.«

»Das heißt für uns so viel, erst geben, wenn es sich auch lohnt. Wie hoch sollen wir unseren Gewinn ansetzen?«

»Wie hoch? Jedenfalls so hoch, dass es ihnen wehtut. Darunter läuft gar nichts. Je früher sie das begreifen, desto einträglicher ist dann auch ihr Erfolg. Ich denke, wir haben unsere Marschroute abgesteckt. Harren wir der Dinge, die da kommen.«

Wie lange hielten es die so genannten, oder besser gesagt, die selbst ernannten Gönner aus, bis sie an ihre Tür klopften? Jeder glaubte das bessere Argument für eine Begegnung auf Lager zu haben. Realistisch gesehen waren sie alle nur an einem interessiert: zu erfahren, welcher Weg sie schnellstmöglich zum Reichtum führt. Als ob es eine derartige Beschreibung gäbe. Er jedenfalls hat keine hinterlassen. Teilen stand ohnehin nicht in seinem Notizbuch. Jedenfalls nicht solange es vermeidbar war. Wann er es offen legte, hielt er stets im Dunkel, solange dies möglich war. Sie hier hingegen, ganz gleich, wie immer sie sich selbst einstufen mögen, ihnen bleibt ein solches Vorgehen verschlossen wie ein Archiv. Sie blicken nicht hinter die Kulissen. Daher sehen sie auch nicht, welche Gewitterwolken sich über ihren Häuptern auftürmen. Sie werden diese erst gewahr, wenn der Sturm losbricht. Wer aber hat diese Lawine ins Rollen gebracht? Ihre eigene Eitelkeit? Die hoch gesteckten Ziele der Geigerinnen? Welche Möglichkeiten haben sie, die sie dagegensetzen können? Hat wieder nur einer das Sagen, während den anderen weiterhin nur das Stillhalten bleibt? Schlossen sie sich denn nicht deshalb enger zusammen, um gerade dies zu vermeiden? Er war doch abschreckendes Beispiel genug. Niemandem kann daher an einer Wiederholung gelegen sein. Nur, Absicht und Wirklichkeit klaffen hier weit auseinander. Aufgestautes Misstrauen lässt sich eben doch nicht so rasch abbauen. Vielleicht ist es auch weniger das Misstrauen als vielmehr der Neid. Wer gönnt dem anderen schon dessen Erfolge, wenn er selbst nicht daran beteiligt ist. Dann zählt die beste Freundschaft nichts mehr. Eine Gemeinschaft, sofern von einer solchen überhaupt die Rede sein konnte, ist zerbrochen. Die der Geigerinnen. Nur noch zwei halten treu die Wacht. Doch wer glaubt, sich bei ihnen satt essen zu können, wird sich früher oder später sehr zu seinem eigenen Leidwesen eines Besseren belehren lassen müssen. Schon die kleinste Zuwendung erfordert einen Obolus. Dies beginnt schon mit dem Zuhören. Noch mehr aber für das Geben. Sei es in Musik oder anderer Form: Wer in die Fußstapfen des Verblichenen treten will, muss sehr tief in die Tasche greifen. Jetzt noch mehr denn je. Fühlen sich die Geigerinnen deshalb unwohl dabei, wenn sie ihre Forderungen so hoch schrauben?

»Gehen wir hier nicht einen Schritt zu weit?«

»Einen Schritt zu weit? Schönheit hat ihren Preis. Wer genießen will, darf nicht sparsam sein. Wir geben unser Bestes, im Gegensatz zu ihnen. Sie betrügen nach wie vor. Sei es im privaten Bereich oder im Beschaffen ihrer Mittel. Wir aber dürfen uns nicht zurückhalten, wenn es darauf ankommt. Warum bloß müssen immer nur wir Fairness an den Tag legen, während doch sie mit harten Bandagen ihre Geschäfte durchziehen können und dann auch noch alle Welt glauben machen wollen, dass es damit seine Richtigkeit hat. Sage mir, wer ist hier niederträchtiger, sie oder wir? Ich gebe zu, dass auch wir nicht makellos sind. Wer kann das schon von sich behaupten? Nur, so verdorben wie sie sind wir noch lange nicht. Wir nehmen uns nur unser Recht, und das dann auch noch auf legalem Weg. Sie versuchen durch ihr scheinheiliges Getue das Bestmögliche für sich herauszuholen. Wir können nicht mit gleicher Münze zurückzahlen. Uns bleibt keine Möglichkeit dazu. Also fordern wir. Wenn du der Moral den Vorzug geben willst, bitte. Dann steige aus. Niemand zwingt dich dazu. Frage mich aber nicht, was du beginnen kannst, ich weiß es nicht.«

Nach diesen klaren Worten gab es wohl auch für sie keinen anderen Weg. Auch wenn sie sich alles Für und Wider tausendmal durch den Kopf gehen lässt, so kommt auch sie letztendlich zu der Einschätzung, dass sich ihr hier ein einigermaßen fester Stand anbietet. Würde sie diesen aufgeben, wäre dies gleichbedeutend damit, irgendwo einen neuen Anfang suchen zu müssen. Ungewiss bleibt dann immer noch, ob dieser dann auch gelingt. Unübersehbar ist darüber hinaus, wie viele Opfer sie dafür erbringen muss. Wie viel aber ist dieses Fundament wert, auf das sie ihre ganze Hoffnung setzen? Was, wenn andere Ansprüche darauf erheben? Wie weit sind diese glaubhaft? Wenn es zum Kampf kommt, wer wird als Sieger hervorgehen? Ist dies demnach nur eine Galgenfrist, die ihnen bleibt? Auch darüber lohnt es sich ernsthaft nachzudenken. Was sie dann auch nachhaltig unternehmen.

»Wenn einer von denen hier der Nutznießer wäre, hätte er uns längst auf die Straße gesetzt. Von ihnen geht also keine Gefahr aus. Noch rätseln sie ja selbst alle, wer wo sein könnte, dem es im Endeffekt zustehen könnte. Sollte das wirklich der Fall sein, so werden wir den Kampf aufnehmen.«

»Du glaubst, sollte wirklich etwas dran sein, dass wir uns dann auch behaupten können und den Kampf durchstehen?«

»Wir sind bisher so oft bis an die Grenze unserer Belastbarkeit gegangen, warum sollten wir das nicht noch eine Zeit tun? Vielleicht kommt es auch gar nicht dazu. Zu seinen Lebzeiten hat sich auch keiner sehen lassen, so sollen sie auch weiterhin wegbleiben. Wir waren es, die sich um ihn gekümmert haben. Uns war er deshalb auch zugetan. Wenn jemand Ansprüche stellen kann, dann sind wir das. Noch aber ist es nicht so weit. Gehen wir unseren Weg stramm weiter, auch wenn sie uns nicht alles zu Füßen legen. Aber du wirst es erleben: Vieles, was bisher im Dunkel lag, wird sichtbar werden. Krumme Wege werden plötzlich zu breiten Alleen. Auch wenn wir darauf nicht lustwandeln können, die Vorzüge aber, die uns geboten werden, nehmen wir in vollen Zügen auf.«

»Du fliegst auf einer sehr optimistischen Wolke.«

»Ich erwarte schon nicht, dass sie gleich Spalier stehen oder gar in hellen Scharen bei uns einfliegen. Vergiss aber auch nicht, wir haben den Nektar, den sie zum Leben brauchen. Eine Nektar spendende Blume wird immer umgarnt.«

Sie wussten um ihre Macht und spielten diese, sehr zum Leidwesen anderer, gnadenlos aus. Und sie kamen. Auch wenn die Geigerinnen auf das eine oder andere gerne verzichtet hätten, war es dennoch angenehm, was ihnen geboten wurde. Es ist schon so, wer ein bestimmtes Ziel verfolgt, will dann auch noch Erfolg haben, muss auch Unangenehmes in Kauf nehmen.

Wie lange versprühten sie schon ihre Kunst und ihren Charme und kamen doch keinen Schritt weiter? Gerade von ihnen, die doch selbst auf der Suche nach dem Goldesel sind. Den einzigen Vorteil, den sie auf ihrer Seite haben, ist der, sie drängt nichts, während die anderen vor Ungeduld fast dem Wahnsinn nahe sind. Die Angst, der andere könnte ihnen zuvorkommen, treibt sie dahin. Wie unbegründet das ist, vermag keiner zu erkennen. Zu sehr sind sie damit beschäftigt, kein Wort, das gesprochen wird, zu überhören. Keinen Handgriff, den andere vollbringen, zu übersehen. Wer sich beobachtet fühlt, soll eben dem allen hier fern bleiben. Wenn sie richtig zurückdenken, hat er etwas anderes gemacht? Vielleicht nur versteckter und nicht so offensichtlich. Sie verstehen es nur noch nicht, so still wie er zu agieren. Es fehlt an Erfahrung. Aber das kann sich sehr rasch ändern. Am ehesten dann, wenn sich diejenigen, die sich in vorderster Front wähnen, übergangen fühlen. Wenn ihnen zu wenig Beachtung geschenkt wird. Dabei ist es unwesentlich, von welcher Seite. Jeder wird daher versuchen, die Aufmerksamkeit aller auf sich zu lenken. Dadurch ergibt sich täglich neu eine spannungsgeladene Atmosphäre. Dies ist genau der Zeitpunkt, auf den die Geigerinnen gehofft und vor allem so sehnlichst gewartet haben. Wieder einmal mehr sind sie gefragter denn je. Erneut können sie ihr Können auf allen Ebenen unter Beweis stellen. Dass ihre Musik mehr beinhaltet als nur klangvolle Töne, daran hat niemand gezweifelt. In gewissen anderen Situation aber kann ihre Beeinflussung schon zu einer Richtungsänderung führen. Dass sie damit auch so etwas wie Macht über andere ausüben, dies zu glauben, so weit gehen ihre Gedanken dennoch nicht. Überzeugen, dass gerade Musik etwas bewirkt, was sonst wohl kaum möglich wäre, damit kann sich jeder anfreunden. Hier kommt es dann in erster Linie darauf an, wie diese vorgetragen wird. Die Geigerinnen legen sich daher mächtig ins Zeug. Auch für sie hängt doch sehr viel davon ab, wie sie gefragt sind. Die Fürsprecherin wird auch weiterhin tonangebend sein. Eine von ihnen muss schließlich das Heft in der Hand halten. Auch wenn sie nicht alle Fäden ziehen kann, so kann sie doch mitreißen. Springt der Funke aber auch über? Oder sind die anderen nicht doch so auf sich selbst fixiert, dass jeder sich noch so gut anhörende Ton ungehört an ihnen vorüberzieht? Für so manchen mag es schon schwer verdauliche Kost sein, die sie da von sich geben. Schwer zu begreifen, dass alle Großen dieser Welt solchen Klängen andächtig lauschen. Vielleicht liegt es daran, weil sie sich auf einer ganz anderen Ebene bewegen. Nicht der ständigen Ungewissheit ausgesetzt: Lässt der andere mir noch etwas übrig? Den Künstlerinnen liegt es im Augenblick fern, sich Gedanken über andere zu machen. Wie es aussieht ist ihre Kunst einträglicher denn je, und darauf kommt es an. Ein Lächeln ringen sie sich nur dann ab, wenn sie erleben müssen, wie ihre zweifelhaften Gönner wieder einmal der Verzweiflung nahe sind, weil sie sich eingestehen müssen, dass es keinen einzigen Schritt vorwärts ging. Was erwarten sie? Sie waren doch vorher allesamt Gegner. Die Einigkeit, die sie vorgaben, war blanke Fassade. Jetzt, da es ihn nicht mehr gibt, bröckelt auch diese. Eigentlich müssten ihnen die Ohren noch klingen von ihren eigenen großen Worten: Tritt er erst einmal ab, wird alles anders. Nur, davon ist weit und breit nichts zu sehen. Es ist schon so. Fühlt der Mensch sich eingeengt, setzt er alles daran, sich zu befreien. Dann auch noch mit dem Vorsatz, alles besser zu machen. Hat er das erste Ziel dann auch wirklich erreicht, fällt es ihm schwer, sein eigentliches Vorhaben tatsächlich zu verwirklichen. Woran scheitert das? Zu wenig gelernt aus der Vergangenheit? Wurden ihm zu viele wichtige Entscheidungen abgenommen? Wahrscheinlich dann auch noch jene, die am einträglichsten waren? Nun stehen sie da und wissen nichts mit ihrer neu gewonnenen Freiheit anzufangen. Statt Fortschritt gibt es Rückschritt. Wenngleich auch nicht bei allen. Andere treten wenigstens nur auf der Stelle. An ein Vorwärtskommen können auch sie nicht denken. Vorausgesetzt, sie setzen um, was ihnen den Weg dazu ebnet. Vielleicht genügt ihnen aber auch schon das bisher Erreichte. Für die Unterhalterinnen dieser einstmals so gefestigten Gemeinschaft trifft dies ohne weiteres zu. Sie sind nicht mehr der Drangsal ausgesetzt wie vordem. Sie können nun doch etwas freier atmen. Ganz befreit sind auch sie noch lange nicht. Aber von irgendetwas bleibt der Mensch immer abhängig. Es kommt nur darauf an, wie er es annimmt und was er daraus macht. Steht es doch jedem frei, selbst zu entscheiden. Nur wenn ihm die Kraft dazu fehlt, und andere werden das gewahr, bleibt er immer der Gefahr ausgesetzt, ausgenutzt zu werden. Es wird sie immer geben, jene, die sich die Schwäche anderer zunutze machen. Mag dies auch der Einzelne am Anfang sinnvoll finden, doch mit fortschreitender Zeit wird er allem überdrüssig. Es kann sich sogar bis hin zu einem Hassgefühl steigern. Sind sie jetzt auf diesem Weg? Zumindest jene, die bisher weitestgehend gegängelt wurden? Was wurde ihnen denn nicht alles vom Leben abverlangt. Doch nur Gehorsam. Nicht teilhaben an nachhaltigen Entscheidungen. Gerade dies ist es, was ihnen jetzt so zu schaffen macht. Haben sie wirklich verlernt, solche zu treffen? Dieser Eindruck drängt sich immer mehr auf. Wer besitzt schon den Mut, dies einzugestehen? Wenn, dann nur dann, wenn es sich nicht mehr verheimlichen lässt. Bis dahin schieben sie alles vor sich her. Genauso wie das Abstecken eines festen Zieles. Nur nichts übereilen. Als ob sie sich noch nicht nahe genug am Abgrund befänden. Der leiseste Windhauch kann sie von ihrer vermeintlichen Höhe fegen. Auch hier fehlt es an ihrer Selbsteinsicht. Wie lange können sie noch aufrecht gehen? Machen es ihnen denn nicht ihre Unterhalterinnen vor? Kann es denn so schwierig sein, sich an ihnen ein Beispiel zu nehmen? Stattdessen versuchen sie, aus einer fragwürdigen Hinterlassenschaft Profit zu ziehen. Profit, den es für sie doch noch nie gegeben hat. Zusehen durften sie, wie ihn sein Weg steil nach oben führte. Brosamen bekamen sie ab. Immer nur träumen von einem Gewinn, das durften sie. Mehr bleibt ihnen auch heute nicht. Sie müssten hier und heute eine ungeheuere Kehrtwendung vollziehen. Wer aber wagt diese zuerst? Wer wirft den Bettel zuerst hin? Wird es derjenige sein, der sich zuerst mit der Geigerin so ausführlich unterhielt? Ihm könnte der Ausstieg aus diesem zerstrittenen Haufen am ehesten gelingen. Ob alleine oder mit zumindest einer Geigerin, bleibt abzuwarten. Fraglich bleibt, ob sie sich noch einmal dafür hergibt. Sie weiß schließlich um ihre Vorzüge, und diese sind keineswegs einseitig zu sehen. Hier spricht das Ganze für sich. Je früher dies jeder einsieht und auch richtig zur Kenntnis nimmt, desto wohlgefälliger wird sich der weitere Weg ausnehmen. Nur, wie sollen sie das anfangen, ohne ihr Gesicht zu verlieren? Herrscht doch bei jedem der Gedanke vor, alles, nur das nicht. Was bleibt, ist auf der Stelle verharren. Gerade dies zu tun, dazu verspürt wohl kaum einer richtig Lust. Schon gar nicht, wo sie sich doch so hehre Ziele gesetzt haben. Finden sie sich aber dazu nicht bereit, sich in Niederungen zu begeben, obschon dies gar keine sind, es wird ihnen doch viel geboten, bleiben sie in ihrer jetzigen Position. Wie herausfinden aus diesem schier undurchdringlichen Nebel? Dies wird nur dann gelingen, wenn Vorurteile abgebaut werden. Wer ringt sich als Erster dazu durch? Irgendwann muss es dazu kommen. Wer dem gelassen entgegensehen kann, das sind wieder nur sie, die großen Künstlerinnen. Dass dies ihrem Seelenleben Genugtuung verschafft, wer will es ihnen verdenken? Überrascht waren sie daher auch nicht, als sich nach längerer Abstinenz die Besucher wieder einfanden. Jetzt nur keine Überheblichkeit an den Tag legen. Nicht zeigen, dass sie doch nichts anderes erwartet haben. Auch wenn es sie noch so sehr reizt, ihnen zu zeigen, dass ohne sie, die großen Künstlerinnen, das Leben doch etwas zu eintönig verläuft. Sie müssen nichts beweisen, schon gar nicht sich selbst. Wohltuend wirkt sich auf sie aus, dass ihnen gegeben wird, ohne dass sie Forderungen stellen müssen. Sie müssen sich nicht mehr hinten anstellen wie Bettler, damit ihnen wohl getan wird. Es kommt der Fürsprecherin jetzt in erster Linie darauf an, dies ihrer Partnerin richtig zu vermitteln. Ist es doch gerade sie, die die Zeit gekommen sieht, endlich anderen alles abverlangen zu können. Deshalb spricht sie mahnende Worte.

»Du musst dir mehr Zurückhaltung auferlegen. Wenn du so vehement vorstürmst, wissen sie, dass auch du etwas von ihnen erwartest. Wundere dich dann nicht, wenn sie ihr Angebot überdenken.«

»Warum kommen sie dann hierher?«

»Das Warum mag viele Ursachen haben. Zuerst ging auch ich davon aus, dass sie hier die Lösung eines Geheimnisses zu finden hofften. Dieser Wunsch aber hat sich zerschlagen. Auch Tipps von uns über ein weiteres Vorgehen, das dann auch noch gewinnbringend angewendet werden kann, zu erfahren, wie er es gemacht hat, waren von uns nicht zu holen. Bleibt nur, sie suchen bei uns das, was sie woanders nicht in dieser Form geboten bekommen. Wie immer dies auch aussehen mag. Unser Ziel muss heißen, gleichberechtigte Partnerinnen auf allen Gebieten zu werden. Auch wenn wir im Endeffekt wieder etwas mehr geben müssen als sie. Sie brauchen uns dennoch mehr als wir sie. Halte das in deinem Kopf fest, dann befindest du dich auf dem richtigen Weg. Dieser Weg führt uns dann immer bergauf. Lass es sie spüren, wenn du mit irgendetwas nicht einverstanden bist. Es muss dir nicht Leid tun, einmal mehr Nein zu sagen, als du eigentlich möchtest. Einmal gelangt jeder zur Einsicht, der eine früher, der andere später. Dann kannst du immer noch den Mantel des Vergessens darüber legen. Die Welt verändert sich dadurch nicht. Bring ruhig das Gleichgewicht unserer Besucher etwas durcheinander und ins Wanken. Dass sie es nicht ganz verlieren, dafür sorgen sie schon selbst. Betrachte sie einmal ganz neu und du wirst feststellen, dass sie alle durch seinen Tod mehr als nur verunsichert sind. Nur, wer gibt dies schon gerne zu? Dies wäre dann gleichzusetzen mit ihrer eigenen Schwäche. Dabei ist dies doch auch ein Teil unseres Lebens. Wir können unsere Schwächen nicht abstreifen wie Regentropfen von unserer Haut. Es kommt immer darauf an, wie wir damit umgehen. Eines dürfen wir keinesfalls zu lassen: dass wir uns selbst zerstören. Wir haben doch viel erreicht. Auch wenn einiges ohne unsere Mitwirkung zustande kam. Wenn wir auf seinen Tod zu sprechen kommen, wir haben ihn schließlich nicht umgebracht. Er hat sich auf eigenen Wunsch verabschiedet. Obgleich ich es bezweifele, dass dies schon der richtige Zeitpunkt für ihn war. Aber es ist nun mal geschehen. Was uns zum Vorteil gereicht, ist, dass wir uns aus seiner Umklammerung befreien konnten. Das gibt uns außerdem die Möglichkeit, es nicht noch einmal so weit kommen zu lassen. Hinzu kommt, dass uns das Schicksal einen weiteren Trumpf in die Hand legte. Wir können abwarten, wozu sie sich hinreißen lassen. Ich habe nicht erwartet, dass sie übereinander herfallen wie hungrige Wölfe über ein Stück Wild. Doch im Chaos versunken sind sie allemal. Daran ändert auch ihr scheinheiliges Getue nichts. Gerade das von seinem besten Freund. Auch er findet keinen Weg aus diesem Dilemma. Er setzt jetzt alle seine Hoffnungen auf das Haus und auf uns. Es wird eine weitere Enttäuschung für ihn. Sie stecken alle in einer Sackgasse. Es führt kein Weg mehr heraus.«

»Was wirst du ihm sagen, wenn er wiederkommt?«

»Du bist dir sicher, dass er wiederkommt. Was ich ihm dann sagen werde, ist nicht viel. Es geht auch nicht darum, dass wir unsere Stellung ausnutzen. Viel tragen sie ohnehin nicht dazu bei, dass wir uns so fühlen könnten. Es ist schon ein Plus für uns, dass sie uns überhaupt so zur Kenntnis nehmen. Noch legen sie keinen allzu großen Wert auf längere Gesellschaft mit uns. Sie sind eben anderweitig so sehr beschäftigt, dass ihnen kein Sinn nach Unterhaltung gleich welcher Art steht. Auch darin unterscheiden sie sich von ihm. Er wusste immer, was gerade zu tun war. Sie aber müssen alles mühsam zusammensuchen. Wer kann sich da schon der Kunst hingeben. Du hast gefragt, was ich ihm sagen werde. Ich gebe ihm nur zu verstehen, dass wir uns nicht mehr damit abfinden, immer nur als Ersatz angesehen und auch so behandelt zu werden. Wir haben einen festen Platz in dieser Vereinigung. Diesen werden wir nach wie vor verteidigen. Ob mit oder ohne ihre Zustimmung. Ohne uns geht hier gar nichts mehr. Egal, was auch immer sie uns vorhalten, sie hätten uns eben schon früher mehr Beachtung entgegenbringen sollen. Wir handeln, und das zielstrebig.«

Versteckt sie sich hier nicht doch zu sehr hinter Erinnerungen? Auch wenn sie nicht alles noch einmal so erleben möchte, was hinter ihr liegt. Dennoch gab es sie, die schönen Augenblicke. Vieles im Leben bleibt ohnehin ein einmaliges Erlebnis und lässt sich nicht beliebig oft wiederholen. Diese Erkenntnis wird ihr jeden Tag neu vor Augen geführt. Jedem neuen Erlebnis gehen andere voraus. Jeder Fußstapfen, den ein Mensch vor den anderen setzt, hinterlässt einen anderen Abdruck. Jeder unterscheidet sich, wenn auch nur geringfügig, vom anderen. So auch jede Begebenheit. Für den Einzelnen kaum wahrnehmbar, dennoch ist es so. Auch hier wird es ein Weiterführen geben, aber unter anderen Voraussetzungen. Jeder geht nach seinen eigenen Gesetzen vor. Waren für ihn auch alle Menschen gleich, vergessen hat er dabei, dass jedem eine andere Lebensführung zu Eigen ist. Sie lässt sich auch nicht einpressen in ein festes Schema. Die Bemühungen, sich dem anderen anzugleichen, mögen vorhanden sein, allein es fehlt an der richtigen Umsetzung. Auch sie, die sich langsam wieder annähern, werden sehr bald zu dieser Erkenntnis kommen. Wenn nicht jetzt, dann eben in absehbarer Zeit. Wenn nicht anders, dann zwingt sie ihnen das Leben gewaltsam auf. Wer die Zeichen frühzeitig erkennt, kann so einigen Enttäuschungen aus dem Wege gehen. Man muss auch nicht überall dazugehören. Besser etwas Fadenscheiniges vorüberziehen lassen, als mittendrin ins Stocken zu geraten, um später dann doch verzichten zu müssen. Warum fällt ihnen das Zusammentreffen aller, ohne Ausnahme, diesmal so schwer? Fürchten sie um ihren guten Ruf? Gibt und gab es einen solchen überhaupt? Vielleicht einmal in grauer Vorzeit. Was sollen oder wollen sie sich offenbaren? Sie hatten doch nie etwas und bringen auch jetzt nichts mit, außer Verachtung und Abscheu über das, was ihnen noch geblieben ist. Das eine oder andere wäre schon von Nutzen gewesen, wenn, ja wenn es zum Tragen gekommen wäre. Doch mit anderem, speziell dem Musentempel, hätten die wenigsten etwas anfangen können. Musik, noch dazu in dieser Form, war nie nach ihrem Geschmack. Daher berührt es sie auch nicht, dass es nicht dazu gekommen ist. Schwer zu verkraften ist nur, dass sich auch ihr Anteil sozusagen mit in Rauch auflöste. Sie selbst hätten ihn besser angelegt. Späte Erkenntnis. Nur, wie hätten sie es verhindern sollen? Wie würden sie jetzt dazu stehen? Jeder ist mehr als nur zufrieden darüber, dass er sich dieser Frage nicht noch einmal stellen muss. Es kam nicht zur Vollendung, und einen neuen Anlauf dazu wird es nicht geben. Ihr weiteres Vorgehen sieht anders aus. Am liebsten würden sie zurückrudern und noch einmal dort beginnen, bevor er dieses Projekt in Angriff nahm. Würden ihnen dadurch jetzt weniger Fehler unterlaufen? Dies ist kaum anzunehmen. Wenn nicht diese, dann eben andere. Nur, das Einzige, worauf sie zurückblicken können, ist vertane Zeit. Jeder fühlt sich, als hätte er umsonst gelebt. Zum Teil trifft dies ja auch zu. Jeder Tag, der von dunklen Wolken überschattet ist, ist ein verlorener Tag. Es muss nicht vom frühen Morgen bis zum späten Abend die Sonne hell erstrahlen. Wenn ein Tag ausgeglichen zu Ende geht, ist dies auch ein Gewinn. Nur waren sie davon die meiste Zeit weit entfernt. Zu oft vertrösteten sie sich selbst auf den nächsten Tag. Obgleich sie wussten, dass dieser auch nicht anders aussehen wird. Nur, wer gibt sich nicht gerne der Hoffnung hin? Diese Einstellung mag auch das Einzige sein, worin sie sich kaum voneinander unterscheiden. Und genau diesen Umstand machte er sich zunutze. Nach der Devise: Lass sie hoffen und du hast treue Untergebene. Dass aber der Tod eines Einzelnen so viel bewirken kann, hat niemand erwartet. Gerade bei ihrer Konstellation. Verwunderlich ist es dennoch nicht. Nach wie vor wenden sie mehr Zeit dafür auf, sich gegenseitig zu belauern, als Handfestes zu vollbringen. Haben sie sich dann endlich dazu durchgerungen, sind ihnen wieder andere zuvorgekommen. Was dann folgt, ist das, was sie schon immer taten: sich gegenseitig die Schuld zuweisen. Sie können aber auch nicht voneinander loslassen. Auf der einen Seite möchten sie sich jeder Beeinflussung entziehen, auf der anderen Seite steht ihnen der Neid im Wege und verhindert so einen klaren Blick nach vorne. Auch er stand sich oftmals selbst im Wege. Nur waren bei ihm die Gründe anderer Art. Er lief Gefahr, sich selbst zu überholen. Hier musste es zwangsläufig zu Konfrontationen kommen. Seinen Ausgleich fand er dann in der Musik. Damit wollen oder können sie sich nicht anfreunden. Aber gerade die Härte des Alltags bedarf eines besinnlichen Ausgleiches. Dies sich einzugestehen oder gar in sich aufzunehmen, davon sind sie weiter denn je entfernt. Vermissen lässt sich ebenfalls eine Rückbesinnung zur Vergangenheit hin. So dürften sie wohl kaum seine Größe, nach der sie doch so streben, erreichen. Sie werden weiterhin einen Fuß vor den anderen setzen, stets sein Erreichtes vor Augen haben, aber mehr auch nicht. Er konnte aus dem Vollen schöpfen. Alles Schöne in Anspruch nehmen, wann immer es ihm beliebte. Ob er Genuss dabei empfand, dieses Geheimnis nahm er mit ins Grab. Nach außen hin schien es so. Vielleicht wollte er auch nur dem Betrachter diesen Eindruck vermitteln. Sicher ist nur, er durfte und konnte zugreifen, ohne lange Fragen stellen zu müssen. Sie dagegen müssen nach wie vor bitten. Wie lange wird er ihnen noch in Erinnerung bleiben? Eines ist gewiss: Sein Hohnlachen wird sie weiter begleiten Es wird ihnen so nachhaltig in ihren Ohren klingen, als hätte er es erst heute von sich gegeben.

ENDE